나의 행복한 결혼

목차

서장 — 4

1장 만남과 눈물 — 8

2장 첫 데이트 — 76

3장 낭군님께 드리는 선물 — 126

4장 결의 어린 반항 — 208

5장 떠나는 사람 — 264

종장 — 278

후기 — 284

서장

"처음 뵙겠습니다, 사이모리 미요라고 합니다."

타타미 위에서 최대한 아름답게 인사한다.

숱하게 맡아본 상큼한 골풀의 향기와 낯선 집의 냄새가 뒤섞여 코를 찔렀다.

환영해주고 있지 않다는 건 뻔히 알고 있다. 그러나 하다못해 예의도 모른다는 인상은 주고 싶지 않았다.

"…………."

혼담의 상대이자 남편이 될 남성은 무언가 펼쳐놓은 책상에서 조금도 눈을 떼어놓지 않았다. 마치 그녀의 존재를 눈치채지 못하는 것처럼.

미요는 목소리가 돌아올 때까지 머리를 숙인 채 미동도 하지 않았다.

아쉽게도 이렇게 무시당하고 방치되는 건 익숙하고, 처음 방문하는 장소, 처음 만나는 사람 앞에서 섣불리 움직이는 것보다는 그렇게 하는 게 낫다고 생각했기 때문이다.

"언제까지 그러고 있을 생각이지."

잠시 후 낭랑하고 낮은 목소리가 머리 위로 내려왔다.

그제야 처음으로 고개를 들자 눈이 마주쳤다. 하지만 미요는 재차 깊이 머리를 숙였다.

"죄송합니다."

"……사과하라고 하지는 않았다."

아름다운 약혼자는 '하아' 하고 한숨을 쉬더니 고개를 들라고 말했다.

다시금 제대로 바라보게 된 미요의 약혼자—— 쿠도 키요카는 상상했던 것보다 훨씬 더 아름다운 사람이었다.

도자기처럼 얼룩 하나 없는 새하얀 피부, 뒤가 비칠 것 같은 옅은 갈색의 긴 머리카락, 푸른빛이 감도는 눈동자. 전체적으로 색소가 옅고, 호리호리한 외모와 어우러져 남성으로 보이지 않을 만큼 덧없는 아름다움이 느껴졌다.

마음에 들지 않는 자는 칼로 베어버리고, 군대에서도 냉혹하고 무자비하다는 소문이 도는 사람으로는 보이지 않는다.

하지만.

사람은 겉모습만 보고는 알 수 없는 법이다. 아무리 아름다운 외모를 지녔어도 내면에 독을 품은 자가 있다는 걸 미요는 잘 알고 있다.

그 또한 아마 그런 사람일 것이다. 왜냐하면 지금까지 수많은 여성이 사흘도 버티지 못하고 그와 결혼하는 것을 포기해 떠났다고 들었다.

미요에게는 이제 물러설 곳이 없다. 돌아갈 집도 없고, 의지할 수 있는 장소도 사람도 없다. 그러니 아무리 괴로운 일을 겪는다고 한들 여기서 살아갈 수밖에 없는 것이다──.

1장 만남과 눈물

제도(帝都)에 커다란 전통 가옥을 지닌 사이모리가의 아침은 다른 명가와 마찬가지로 거실에서 일가가 여유롭게 아침 식사를 하는 것부터 시작된다.

단, 상쾌한 공기를 찢어놓는 듯한 이 날카로운 목소리만 없다면.

"뭐야, 이게!"

좌악. 뜨거운 액체가 얼굴과 가슴으로 뿌려졌다.

미요는 신음 한번 흘리지 않고 바닥에 이마를 댔다.

찻잔을 한 손에 들고 눈썹을 치켜세운 화사한 미모의 여동생과 그 옆에서 넙죽 엎드리고 볼품없는 하녀복을 입은 초라한 언니를 본 주위의 사용인들은 '또 저러시네'라며 고개를 돌렸다.

"이렇게 떫은 차는 마실 수 없다고!"

"죄송합니다."

"바로 다시 내어 와!"

차의 맛은 여느 때와 전혀 다르지 않을 터이다.

이복동생의 억지에 '알겠습니다'라고 대답한 미요는 하녀처럼 머리를 숙인 채 서둘러 부엌으로 갔다.

"정말이지. 차도 제대로 타지 못하다니 부끄럽지도 않은 걸까."

"그러게 말이다. 꼴사납게도."

뒤에서 들리는 이복동생과 새어머니의 조소는 못 들은 척했다.

친딸이 조롱을 받고 있는데도 아버지는 그다지 신경 쓰는 기색도 없이 식사를 계속하고 있다.

벌써 몇 년이나 이런 식이었기에 미요는 오래전에 아버지에게 기대를 버렸다.

이 나라에는 먼 옛날부터 이형(異形)이 나왔다. 사람이나 동물과 비슷한 모습을 하였으나 형용하기 어려운 일그러진 형태의 것, 정해진 형태를 지니지 않은 것. 다양한 외형을 지닌 그것은 오니나 요괴라고도 불리며 인간에게 해를 끼쳤다.

이것을 토벌하는 게 대대로 초자연적인 힘을 지닌 자가

태어나는 특수한 가문의 이능력자들이다.

이형은 견귀(見鬼)의 재능을 지닌 자만 볼 수 있으며, 이능을 사용한 공격으로만 쓰러트릴 수 있다. 그들은 그 특수성으로 나라의 신용을 받으며 오랫동안 중용되어왔다.

사이모리가는 오랜 역사를 지닌 명문가이다. 그리고 이능을 이어받아 그 공적으로 번영해온 가문 중 하나. 미요는 그런 집안의 장녀로 태어났다.

아버지와 어머니는 정략결혼이었다. 둘 다 이능을 지녔으며, 그 특수한 피를 조금이라도 진하게 유지하기 위해 맺어진 혼담이었다. 아무리 싫어도 가문의 결정에는 거스르지 못했던 아버지는 당시 사귀던 연인과 헤어지고 마지못해 결혼을 받아들였다고 한다.

그런 사랑 없는 부부 사이에서 태어난 게 미요다.

미요는 처음 몇 년 동안은 정말로 사랑받았다, 고 한다. 기억은 흐릿하지만 당시엔 아버지도 자상하고 어머니는 미요를 무척 귀여워했다고 들었다.

하지만 미요가 2살 때 어머니가 병으로 세상을 떠난 뒤 아버지가 옛 연인과 재혼한 뒤로 모든 것이 바뀌고 말았다.

새어머니는 연인이었던 아버지와의 사이를 갈라놓은 여자의 딸인 미요를 원망했다. 아버지는 정략결혼을 받아들였다는 죄책감 때문에 새어머니에게 약했다. 게다가 역시 사랑하는 여성과의 사이에서 태어난 딸이 더 귀여웠는지, 이복동생이 태어나 자랄수록 미요는 거들떠보지도 않게 되었다.

이복동생인 카야는 미요보다 훨씬 아름답고 요령도 좋았다. 더불어 미요에게는 없는 견귀의 재능까지 지니고 있어, 그녀가 새어머니와 함께 미요를 멸시하게 될 때까지 그리 긴 시간이 걸리지 않았다.

미요는 올해로 19살이 되었다. 명가의 딸이라면 이미 시집을 가고도 남았을 나이다.

하지만 사용인보다 못한 대우를 받는 그녀에게는 혼담도 들어오지 않았고, 임금도 받지 않으니 저금도 없으며 자유롭게 집 밖으로 나가는 것조차 어려웠다.

"기다리셨습니다."

다시 우려낸 차를 카야의 밥상에 올려놓았다. 이복동생은 아무 대꾸도 없이 '흥' 하고 코웃음을 쳤다.

분명 평생 이렇게 얌전히 하녀처럼 일하기만 할 뿐.

미요는 이미 모든 것을 포기하고 있었다.

아버지와 새어머니, 이복동생의 아침 식사가 끝나면 다른 사용인들과 함께 상을 치우고 그 후엔 현관 앞을 청소한다.

미요가 저택 내부를 청소하는 일은 거의 없다. 자칫 새어머니나 카야와 마주치면 억지로 일을 떠안겨서 귀찮아지기 때문이다.

사용인들도 그걸 알고 있기에 배려해주는 건지, 미요는 늘 세탁이나 저택 밖 청소를 담당했다.

새어머니와 카야에게 외출 일정이 없는 날의 현관 앞 청소는 미요도 다소 마음이 가벼워진다.

"안녕."

묵묵히 청소하고 있었더니, 그날은 정오가 가까워질 무렵에 손님이 왔다.

"아…… 코우지 씨. 안녕하세요."

선량한 얼굴로 희미하게 미소 짓는 청년을 향해 미요는 머리를 숙였다.

타츠이시 코우지. 재킷과 조끼를 갖춘 반듯한 정장을 입고 온화한 인상을 주는 얼굴로 미소 짓는 그는 사이모리가와 마찬가지로 예로부터 이능이 이어져 내려온 타츠이시가의 차남이다. 저택도 가까이 있어 미요나 카야와는 소꿉친구이기도 하다.

무엇보다 그는 미요를 제대로 사이모리가의 딸로 봐 주는, 마음 편히 대할 수 있는 사람이다.

“오늘은 날씨가 좋네. 무척 따뜻해.”

“네. 빨래가 잘 마를 것 같아 다행입니다.”

미요가 이런 편안한 대화를 할 수 있는 사람은 현재 코우지밖에 없다.

그는 미요가 사용인 같은 대우를 받게 된 뒤로 몇 번이나 상황을 개선하고자 했다.

결국 타츠이시가의 당주── 코우지의 아버지에게 ‘다른 가문의 일에 참견하지 마라’ 하고 호되게 혼나는 바람에 그 후로는 대놓고 미요를 감싸는 언동을 하지 않게 되었으나, 그래도 미요는 그를 아군이라 여기고 있다.

“아, 그래. 별것 아니지만 괜찮다면 받아.”

“……과자, 인가요?”

코우지가 내민, 예쁜 종이로 만들어진 상자를 받았다.

“맞아. 요즘 유행하는 양과자가 아니라 미안해. 그런 건 쉽게 상한다고 들었거든.”

“아뇨, 감사합니다. 사용인들과 함께 나눠 먹겠습니다.”

“응. 그렇게 해.”

거기까지 이야기한 뒤 미요는 문득 깨달았다.

“오늘은 어떤 볼일이 있어 오셨나요?”

코우지의 복장은 평소 찾아올 때보다도 훨씬 격식을 차린 것처럼 보였다. 그가 양장을 입는 건 무척 드문 일이다.

미요의 질문에 코우지는 어두운 표정을 지으며 껄끄러운 듯 고개를 돌렸다.

“어, 응. 뭐…… 좀 중요한 볼일이, 있어서. 네 아버지에게.”

이런 태도도 드물다. 그는 비교적 유순한 성격이지만 애매모호한 말투는 거의 사용하지 않는다.

내심 고개를 갸웃거리고 있었더니 ‘그럼 나중에 봐’라고 인사한 뒤 부리나케 저택 안으로 들어가 버렸다.

대체 무슨 일이었던 걸까. 의문이 떠올랐지만 바로 자신과는 상관없는 일이라며 지워버리고 빗자루를 움켜쥐었다.

미요는 사이모리가의 장녀지만 그런 건 호적상의 정보에 불과하다. 재능도, 교양도, 빼어난 미모도 없고 길거리에 널린 가난한 서민의 딸과 다를 바 없다. 코우지와도 이미 사는 세계가 다르다는 걸 알고 있다.

갑자기 무거워진 마음에서 눈을 돌린 미요가 청소에 집중하고 있었더니, 사용인 중 한 명이 일부러 저택에서 나와 미요에게 말을 걸었다.

“미요 씨, 주인님께서 불러.”

“네?”

"바로 연회실로 오라고 하시는데."

"……아, 알겠, 습니다."

——무언가 불길한 예감이 든다.

평소 사용인이나 그 미만으로의 대우만 받는 미요를 손님이 와 있는 상황에서 지명해 불러내는 일은 없다. 예상하지 못한 사태에 두려움만 느꼈다.

떨리는 다리를 채찍질하며 간신히 연회실에 도착했다.

"실례합니다. 미요입니다."

후스마 너머로 말을 건네자 아버지가 짧게 '들어와라' 하고 대답했다. 그 딱딱한 목소리에 긴장해서 후스마를 여는 손끝이 차가워졌다.

연회실에는 아버지와 코우지, 새어머니, 카요가 모두 모여 있었다.

역시 자신에게 좋지 않은 일이 일어나려 한다는 걸 깨달았으나 무표정으로 두려움을 감췄다. 미요는 불쾌한 듯 얼굴을 찌푸리는 새어머니와 이복동생에게서 거리를 벌리고 입구 근처에 앉았다.

아버지는 미요 쪽에는 일절 시선을 주지 않고 담담히 입을 열었다.

"이야기란 다름 아닌 혼담과 이 가문의 미래에 관한 것이다. ……미요, 너도 지금 미리 들어두는 게 나을 것 같다고 판단했다.”

혼담. 그 단어를 듣기만 했는데 소름이 돋았다.

지금부터 확실하게 일어날 변화에 대한 불안과 공포. 그리고 미약한 기대를 품었다. 혹시 그건 미요에게 기쁜 변화가 될지도 모른다——. 하지만 그런 생각을 한 자신을 바로 용서할 수 없게 되었다.

왜냐하면 일어날 리 없으니까. 그런 행복한 기적이 일어날 리 없다.

고요해진 연회실 안에 아버지의 목소리가 울렸다.

“이 사이모리가는 코우지 군을 데릴사위로 들여서 대를 잇기로 했다. ……그의 아내로서 이 가문을 지탱할 사람은 카야. 너다.”

——아아, 역시나.

각오하고 있던 일이었는데. 갑자기 발밑에 커다란 구멍이 뚫린 것처럼 공포인지 절망인지 알 수 없는 감정으로 미요의 마음이 까맣게 물들었다. 승리했다는 듯한 카야의 표정에도 의식이 가지 않을 만큼 새카맣게.

아버지가 타츠이시가의 차남인 코우지를 데릴사위로 들일 생각을 하고 있다는 건 이전부터 눈치채고 있었다. 그렇기에 스스로도 눈치채지 못하는 사이에 ‘어쩌면……’ 하고 어렴풋한 기대를 품고 말았다.

어쩌면 유일하게 마음을 열어놓을 수 있는 코우지와 결혼할 수 있을지도 모른다.

어쩌면 사이모리가의 안주인으로서 존재를 허락해줄지도 모른다.

어쩌면 카야는 다른 가문으로 시집가서 더는 비교당하지 않을 수 있을지도 모른다.

어쩌면 아버지와 옛날처럼 대화할 수 있는 날이 올지도 모른다.

……어쩜 이렇게 어리석은 생각을 했을까. 전부 허무맹랑한 망상이다.

"미요, 너는 다른 가문으로 시집간다. 상대방은 쿠도가의 당주인 쿠도 키요카다."

더는 고개를 들고 있는 것조차 버거웠다. 깊이 머리를 숙인 뒤 떨리는 목소리로 '네' 하고 대답했다.

"어머나! 잘됐네. 그 쿠도가에 시집가다니."

카야가 연기하듯이 반응했다.

쿠도가도 이능을 계승하는 가문이다. 강력한 이능력자를 여럿 배출했고, 셀 수 없이 많은 공적을 올리며 수많은 전설을 남긴 가문. 지위, 명성, 재력, 어느 것을 꼽아도 다른 가문의 추종을 불허하는 명문가이다.

하지만 한편으로 당주인 키요카는 냉혹하고 무자비한

인물로 유명했다. 결혼 측면에서도, 많은 여성들이 그와 약혼하여 저택에 간 뒤 사흘도 버티지 못하고 도망칠 정도라 한다.

사용인들의 소문을 듣고 미요도 알고 있을 정도이니 어지간히 심한 모양이다.

아버지는 그런 남성에게 시집가라고 한다. 그리고 한번 집에서 나갔으니 다시는 사이모리가의 현관을 넘지 못하게 할 생각이리라.

여학교조차 다니지 않은 미요가 쿠도가의 당주와 잘해나갈 수 없으리라는 걸 알면서도.

“장점이 아무것도 없는 너에게는 과분할 정도구나. 거절이라는 실례를 저지를 수는 없지.”

새어머니도 무척 기분이 좋아 보였다. 그녀에게 미요가 얼마나 눈엣가시였는지 적나라하게 보인다.

“그래, 당연히 거부는 허락하지 않는다. 지금부터 바로 짐을 꾸리고, 그게 끝나는 대로 쿠도가의 저택으로 가거라.”

아무런 말도 못 한 채 핏기가 가셨다.

이 사이모리가에서 나가면 조금은 마음이 편해질 줄 알았다. 하지만 시집갈 곳이 쿠도가라면 아무것도 기대할 수 없다.

곧바로 쫓겨나거나, 아니면 냉혹하고 무자비하다는 결혼 상대의 심기를 거슬러서 칼에 베이거나. 지금처럼 사용인으로서 대우해준다면 차라리 나은 건지도 모른다.

정식으로 약혼하기도 전에 상대방의 가문에 들어가 관례를 배우고 두 사람의 상성을 보는 건 가끔 있는 일이다. 까다롭기로 평판이 자자한 키요카가 상대라면 더욱 그러한 조치를 취했어도 이상하지 않다.

하지만 그것도 미요에게는 모든 것으로부터 버려진 듯한 느낌이 들어서 눈앞이 캄캄해졌다.

어두운 마음으로 연회실에서 물러나자 뒤를 쫓아온 코우지가 자신을 불러세우는 목소리가 들렸다.

"코우지 씨?"

뒤를 돌자 그는 여태껏 본 적이 없을 만큼 거북한 듯, 고통스러운 듯 얼굴을 일그러트리고 있다.

"미요, 미안해. 나는 정말로 무능하구나. 결국 아무것도 하지 못했어. 지금도 무슨 말을 해야 할지."

"코우지 씨가 사과할 일이 아닙니다. 그저 운이 나빴던 것뿐이니까요."

미요는 코우지를 안심시키기 위해 웃으려고 했다. 그러나 얼굴이 얼어붙은 것처럼 제대로 움직여지지 않았다.

그러고 보면 마지막으로 웃은 게 언제였더라.

"아니야! 운 같은 게."

"맞습니다. ……괜찮아요. 저는 이번 일을 딱히 신경 쓰지 않습니다. 어쩌면 시집간 곳에서 행복해질 수 있을지도 모르니까요."

스스로도 전혀 그렇게 생각하지 않는 걸 입에 담았다. 의도치 않게 타이르는 듯한 말이 줄줄 흘러나왔다.

"……너는, 나를 원망하지 않아?"

코우지는 당장에라도 울어버릴 것 같은 표정이었다.

어째서 도와주지 않았던 거냐고, 미요에게 비난을 받고 싶다. 그런 그의 심정이 어른거렸다.

이미 몸과 마음이 피폐해져서 타인의 마음을 헤아릴 여유도 없는 미요는 그저 차갑게 대답했다.

"원망하지 않습니다. 그런 감정은 이미 잊었습니다."

"미안해. 정말 미안해. 나는 널 돕고 싶었어. 또 옛날처럼, 평범하게 너와 웃고 싶었어. ……나는, 너를――."

"코우지 씨."

문득 그의 이름을 부른 사람은 뒤에서 쫓아온 카야였다.

그녀의 얼굴에 번진 미소는 대단히 아름답고, 또 무척이나 무시무시하고 흉흉한 무언가를 머금고 있다.

"무슨 이야기 중이야?"

"……."

코우지는 입술을 깨물고 말을 삼켰다.

"아, 아무것도 아니야."

명가에서 태어났고 능력도 외모도 빼어난 코우지에게 유일한 단점이 있다면 이것일까.

그는 겁이 많다. 너무도 다정하기 때문에.

이 자리에서 그가 무언가 의견을 내면 분명 미요나 카야 둘 중 한 명에게 상처를 주게 된다. 그걸 이해하고 결국 입을 다무는 것이다.

그가 무슨 말을 하려고 했는지 미요는 알지 못했고, 이제 와서 알고 싶지도 않았다.

그래도 그런 다정한 그에게, 근본적인 해결은 되지 못했어도 몇 번이나 구원을 받은 건 확실하기에.

"코우지 씨."

"미요……?"

"지금까지 감사했습니다."

미요가 지금 할 수 있는 말은 이것뿐이다.

이제, 지쳤다.

깊이 허리를 숙인 뒤 돌아보지 않고 떠나는 언니를, 동생이 아름다운 미소를 지으며 바라보고 있었다.

그날 밤은 좀처럼 잠에 들지 못했다.

고작 타타미 석 장 정도 크기인 사용인용 방은 원래도 물건이 적었으나 최소한의 짐을 꾸리고 났더니 정말로 아무것도 없는 방이 되고 말았다.

옛날에 갖고 있던 어머니의 유품인 기모노는 전부 버려졌거나 새어머니와 이복동생이 가져가 버렸기 때문에 이제 없다. 다른 값비싼 물건도 전부 마찬가지.

지금 미요의 소지품은 제 몸뚱이와 사용인들이 입는 하녀복, 그리고 사용인 동료들에게 물려받은 평상복과 일용품 정도다.

그 외엔 오늘 아버지가 주는 것이라며 받은 한 벌의 고급 기모노. 쿠도가에 갈 때 볼품없는 복장으로 가면 사이모리가의 평판에 흠이 가기 때문이라고 한다. 아버지는 역시 미요가 외출할 때 입을 옷이 하나도 없다는 걸 알면서 방치하고 있었다는 걸 그제야 간신히 이해했다.

이미 완전히 익숙해진 얇은 이불 속에서 잠들지 못하고 있었더니 어째서인지 주마등처럼 과거의 기억들이 떠올랐다.

행복했던 기억은 이미 아득하게 멀고 그저 아팠던 기억, 괴로웠던 기억들밖에 없다. 그리고 내일부터도 분명 행복 같은 건 없다. 어서 이 목숨이 다하기를 기대하며 잠든다. 그뿐이다.

마치 황천으로 가는 길을 걷는 것 같다.

그런 생각을 하면서도 미요의 얼굴에는 자조조차 떠오르지 않았다.

쿠도가는 이능을 지닌 가문 중에서도 명가 중의 명가다.

이능을 계승하는 가문은 대체로 예부터 활약해서 역사도 길고 다들 명문으로 통용되지만, 쿠도가는 그중에서도 두드러지게 탁월하므로 필두 가문으로 유명하다.

작위를 갖고 있으며 재산도 막대하다. 전국 각지에 광활한 토지를 소유하고 있기 때문에 그 땅을 빌려주기만 해도 알아서 돈이 굴러들어 온다고 들은 적이 있다.

당주의 이름은 쿠도 키요카. 나이는 올해로 27살. 제국대학 출신으로, 졸업 후 어렵기로 유명한 사관채용시험에 합격. 현재 군대에서는 소령으로서 한 개 부대를 통솔하고 있다고 한다.

그런 젊고 뛰어난 인물인 데다 재력도 있다고 하니 필시 호화로운 생활을 하고 있을 줄 알았다.

아버지에게 선고를 받은 다음 날, 미요는 빈약한 몸에 어울리지 않는 화려한 기모노를 입고 몇 없는 짐을 들고 키요카의 거처로 빠르게 향했다.

가르쳐준 주소만을 믿고 익숙지 않은 노면전차를 이용해 간신히 근처까지 온 것 같다.

하지만 아무리 생각해 봐도 유명한 쿠도가의 호화 저택 방향이 아니라 교외다.

'이런 곳에 쿠도가의 당주가……?'

시가지에서 그렇게 멀리 떨어진 건 아니지만, 숲과 밭이 많고 민가도 드문드문 보인다. 시내와는 달리 밤이 되면 캄캄하게 어두워지리라는 게 어렵지 않게 상상이 갔다.

쿠도가에서 나온 안내인도 없고, 이 혼담에는 중매인이나 소개인도 없다. 중간까지 따라왔던 사이모리가의 사용인은 시가지를 나온 뒤에 돌아가 버렸기 때문에 미요는 적막한 시골길을 홀로 걸어갔다.

한동안 그렇게 걷다가 도착한 곳은 조용한 숲에 둘러싸인 암자——라기에는 조금 큰 저택——이었다.

명가의 당주가 살고 있다고는 쉽게 믿어지지 않을 정도로 소박한 건물이었으나, 근처에 세워져 있는 자동차가 이곳에 사는 사람의 재력을 단적으로 보여주고 있다.

자동차는 기본적으로 수입품이라 무척 비싸기 때문에 평범한 서민은 살 수 없다.

그렇다면 역시 여기가 쿠도 키요카의 거처가 틀림없으

리라.

"실례합니다."

조심조심 문을 두드리자 바로 대답이 돌아왔다.

"네, 갑니다. ……어머, 누구신가요?"

빼꼼 얼굴을 내민 사람은 친절한 분위기를 지닌 아담한 노파였다. 복장으로 보아 아마도 이 집의 사용인인 모양이다.

"사이모리 미요라고 합니다. 쿠도 키요카 님과의 혼담으로 이곳을 찾아가라는 말을 듣고 왔습니다만……."

"아, 사이모리 님이시군요. 기다리고 있었습니다."

주인이 냉혹하고 무자비하다면 그를 모시는 사용인도 조금 더 인형처럼 무덤덤하고 차가운 사람이라고 상상했던 미요는 부드럽게 미소 짓는 노파가 너무나도 온화한 어조와 태도였기 때문에 조금 당혹스러웠다.

"자, 들어오세요. 도련님이 계시는 서재까지 안내하겠습니다."

노파의 재촉을 받아 미요는 쿠도가에 발을 내디뎠다.

저택 안은 사이몬지가의 저택에 비하면 무척 좁았다. 목조 건물로, 그리 오래전에 세운 건 아닌 건지 흠집이 적은 집이었다. 들어가 보자 밖에서 봤을 때보다는 살기 편해 보이는 인상을 받았다.

판자가 깔린 짧은 복도를 걸으며 노파는 유리에라고 이름을 댔다. 역시 쿠도가의 사용인으로, 당주가 어릴 때부터 부모 대신 보살펴왔다고 한다.

"……도련님께선 이래저래 좋지 않은 소문이 난 것 같지만, 사실은 다정한 분이십니다. 그러니 그리 긴장하실 필요는 없습니다."

계속 말이 없는 미요를 보고 긴장했다고 착각한 건지 유리에가 온화한 어조로 조언했다.

딱히 미요는 입이 떨어지지 않을 만큼 긴장한 건 아니었다. 다만 뼛속까지 뿌리박힌 습관으로, 필요 이상 누군가와 대화하거나 무언가를 되묻지 않는 것뿐이다.

지금껏 무어라 말을 하면 반항한다, 말대꾸한다며 혼나는 생활을 보냈기 때문이다.

"마음 써주셔서 감사합니다."

사실은 다정한 사람이라는 말을 들어봤자 미요의 기분은 밝아지지 않았다.

착하든 차갑든 이 혼담이 결렬된 순간 미요는 돌아갈 곳을 잃어버리고 객사할 뿐이다.

하지만 그래도 괜찮을지도 모른다.

죽을 때는 괴로울 테지만 그 후에는 전혀 고통스러울 게 없다. 편해질 수 있다.

미요는 안내받은 서재로 발을 들여놓은 뒤 깊이 머리를 숙였다.

"처음 뵙겠습니다, 사이모리 미요라고 합니다."

"…………."

혼담의 상대, 쿠도 키요카는 책상에서 무언가 작업을 하는 건지 미요 쪽으로 시선을 주려 하지도 않았다.

그러나 아무런 지시도 허가도 없이 말하고 움직이는 건 미요에게는 어려운 일이다. 그래서 얼마든지 기다릴 생각으로 머리를 계속 숙이고 있었다.

"언제까지 그러고 있을 생각이지."

낮은 목소리가 돌아오자 '다행이다. 들리긴 했구나' 하고 조금 안도했다. 오히려 말을 걸어준 것만으로도 친절하다 할 수 있을지도 모른다.

미요는 한 번 얼굴을 들었다가 다시 깊이 숙였다.

"죄송합니다."

"……사과하라고 하지는 않았다."

'하아' 하고 한숨을 쉬는 키요카의 말에 다시 고개를 들었다. 이번에는 창문에서 들어오는 봄날의 보드라운 햇빛을 받은 그의 아름다운 모습이 시야에 들어오는 바람에 시선을 어디에 둬야 할지 난감해졌다.

'아름다운 사람.'

미인은 많이 봐서 익숙하다 생각했다. 새어머니나 이복 동생도 무척 아름다웠고, 코우지를 포함한 타츠이시가의 사람들도 다들 잘생겼기 때문이다.

하지만 키요카는 격이 다르다고 해야 할까. 고고한 늠름함을 갖췄으면서도 어딘가 우아하고 고상한, 섬세한 아름다움도 지니고 있다. 분명 남녀노소 누군들 그를 아름답다고 평가할 것이다.

"너인가. 새 약혼자 후보가."

묻는 말에 미요는 맞다고 고개를 끄덕였다. 그러자 키요카는 못마땅한 듯 얼굴을 찡그렸다.

"명심해. 여기서는 내가 하는 말에 반드시 따르도록. 내가 나가라고 하면 나가라. 죽으라고 하면 죽어라. 불만이나 반론은 듣지 않겠다."

씹어뱉듯이 말하고 다시 등을 돌리는 그를 미요는 맥이 빠져서 쳐다보았다.

좀 더 매도하거나 멸시하는 걸 각오했었는데. '뭐야, 이 정도야?' 하고 바로 수긍했다.

"알겠습니다."

"뭐?"

"그 외에 무언가 하실 말씀이라도……?"

"…………."

"저기, 그럼 실례하겠습니다."

돌아본 키요카는 이상해하는 표정을 짓고 있었으나, 아무런 말도 하려는 기색이 없었기에 미요는 그대로 서재에서 나왔다.

"없어……! 없어, 없어! 어째서."

초조해서 울먹이는 어린 자신의 목소리를 들은 미요는 이게 꿈이라는 것을 이해했다.

그, 끔찍한 날의 꿈.

잊히지도 않는다. 그건 아직 보통소학교에 다니던 시절. 어린 미요가 수업을 마치고 방으로 돌아오자 방이 말 그대로 텅 비어있었다.

"어디 간 거야……?!"

자신의 소지품은 물론이고 장롱 안에 소중히 넣어두었던 어머니의 유품인 기모노도 오비도 장신구도—— 심지어 경대와 입술연지에 이르기까지 전부 사라졌다.

미요는 바로 그게 새어머니의 짓임을 확신했다.

"미요 아가씨, 무슨 일이세요?!"

목소리를 듣고 달려온 사람은 사용인인 하나였다.

하나는 미요가 태어났을 때부터 돌봐준, 또 한 명의 어머니 같은 존재였다.

"없어……! 어머니의 유품도, 전부……!"

"세상에, 대체 어째서."

하나는 장을 보러 나갔다가 막 돌아왔기 때문에 아무것도 모른다고 했다.

눈물을 글썽이며 거듭 죄송하다고 고개를 조아리는 그녀를 보고 미요는 입술을 깨물었다.

"분명 새어머니가 한 거야."

미요가 2살이 되었을 때 어머니가 돌아가신 후 후처로 들어온 새어머니 카노코는 미요를 싫어한다.

카노코의 딸, 미요의 이복동생인 카야는 미요보다 3살 연하지만 이미 그 재능의 편린을 보이기 시작했다.

어머니에게서 물려받은 화사한 외모는 마치 서양인형처럼 아름다웠고 공부를 시키면 순식간에 뭐든 다 해낸다. 게다가 이능의 기본이라 할 수 있는, 이형을 보는 능력인 '견귀의 재능'도 발현했다.

——그리고 그 모든 것이 미요에게는 없었다.

미요의 어머니와 아버지가 정략결혼을 한 것은 이능을 계승하기 위해서였다. 그런데 이능을 갖고 태어난 건 미요가 아니라 이능력자 가문 출신이 아닌 카노코의 딸인 카야.

그럼 자신들은 무엇 때문에 헤어져야 했던 거냐며, 과거 아버지와 연인이었던 새어머니는 못마땅해했다.

그러한 사정은 아직 어린 미요도 이해하고 있다. 평소 새어머니가 원한에 찬 목소리로 '너만 없었다면', '네 어머니는 도둑이야' 같은 소리를 했기 때문이다.

하지만 그걸 수긍할 수 있는지는 별개의 문제다.

"새어머니에게 다녀올게."

이런 일까지 당해놓고 가만히 있을 수는 없다. 미요에게 어머니의 유품은 이 차가운 저택에서 자신의 마음을 지키고 살아가기 위해 없어서는 안 되는 것이니까.

"아가씨 혼자서요?! 그건."

"……괜찮아. 여차하면 아버지께 말씀드릴 거야."

생각해 보면 이때는 아직 아버지를 자신의 아군이라 생각했다.

점점 눈길도 주지 않게 되었긴 하지만, 그래도 미요가 정말로 힘들어서 견딜 수 없다고 애원하면 새어머니에게 주의 정도는 줄 것이라고.

하지만 기대는 허무하게 배신당했다.

"시, 싫어……! 꺼내줘, 누가 꺼내줘!"

새어머니를 찾아가 자신의 방에 있던 물건이 사라졌다, 아는 게 없냐고 물어본 미요에게 그녀는 자신을 도둑으로 몰았다며 화내더니 미요를 저택 뒤쪽에 있는 광에 가둬버렸다.

"반성할 때까지 내 앞에 모습을 드러내지 말렴. 정말이지, 그 도둑고양이의 딸답다니까. 사람을 도둑으로 몰다니 근성이 썩어빠졌어. 카야하고는 천지 차이구나."

"새어머니! 제발요, 여기서 꺼내주세요……!"

밖에서 빗장으로 잠가버린 광의 문은 밀어도 두드려도 꿈쩍도 하지 않았다. 필사적으로 문에 매달려 소리치는 미요를 추하다며 비웃은 뒤 새어머니는 어디론가 가 버렸다.

지금 떠올려도 몸이 떨리는 사건이다.

광 안은 높은 위치에 있는 작은 창문에서 들어오는 빛밖에 없어 낮에도 무척 어두웠다. 더불어 쌀쌀하고 눅눅한데다 자주 사용하지도 않았기 때문에 물건을 놓아두지도 않아 외롭고 공허한 장소였다.

그런 곳에 갇혀 언제 나갈 수 있을지도 알 수 없는 상황에 어린 소녀가 두려움을 느끼지 않을 리가 없다.

"흑, 꺼내줘……. 누가 좀, 살려줘……."

잘못했다, 살려달라, 용서해달라며 엉엉 울부짖었다. 그래도 아무도 구해주지 않아, 결국 낮에 갇혔다가 밤늦은 시간이 되어서야 나갈 수 있게 되었다.

마지막 희망이라고 생각했던 아버지는 오지 않았다.

심지어 미요가 갇혀있던 사이에 하나는 부당한 이유로 해고당해 저택에서 쫓겨났다.

그리고 미요는 사이모리가의 딸에서 사용인 이하의 존재로 전락했다.

이른 아침. 눈을 뜨자 여느 때와 같은 시각이었다.

주륵 흘러내린 눈물을 살며시 닦으며 일어났다.

어제 키요카와 대면했을 때의 일을 떠올렸다.

『여기서는 내가 하는 말에 반드시 따르도록. 내가 나가라고 하면 나가라. 죽으라고 하면 죽어라.』

딱히 특별할 것도 없다. 미요에게는 지금까지 지낸 생활과 다를 바 없는 말이었기 때문에 순순히 고개를 끄덕였다.

그 후 별일 없이 서재에서 나온 미요를 보고 다소 안심한 듯한 유리에가 이번에는 미요의 방이라며 이 방으로 안내해주었다.

방에 놓여있는 것은 시계, 장롱, 책상, 이불 등 최소한의 물건들뿐.

화사함 같은 건 조금도 없는 소박한 방이었으나 사이모리 가에서 사용하던 사용인용 방보다 넓고, 이불 하나만 봐도 차원이 다르게 푹신한 고급품이었다.

풀어놓을 짐도 거의 없었고 몇 벌 없는 옷가지를 장롱에 넣어둔 뒤 저녁 식사는 사양하고 그대로 쉬다가——지금에 이르렀다.

푹신푹신한 이불에서 잤기 때문인지 피로도 없고 몸 상태도 좋았다.

그러나 미요는 고개를 갸웃거렸다.

'나는 뭘 하면 되지…….'

깜빡 잠이 들었다 지금까지와 마찬가지로 아직 밖이 어둑한 시간에 일어나고 말았으나, 아마도 쿠도가 당주의 아내쯤 되면 그렇게 일찍 일어나지 않을 것이다. 적어도 같은 명가의 아내인 새어머니는 그랬다.

일반 서민의 집이라면 모를까 여기는 천하의 쿠도가. 아내가 직접 밥을 차리거나 청소, 세탁을 하지는 않을 것이다.

'하지만 나는 아무것도 못 하는데.'

꽃꽂이나 다도, 무용, 악기 등은 옛날에는 했지만 그만두게 된 지 꽤 오래 지났다. 배웠던 내용도 이미 흐릿해서 도저히 실전에 쓸 수 없다.

애초에 충분한 교육을 받지 않은 미요가 쿠도 가의 안주인이 될 수 있을 리가 없다.

하지만 그렇다고 해서 아무것도 하지 않을 수도 없다.

고민한 끝에 미요가 손을 댄 것은 아침 식사 준비였다.

밥을 차리는 신부라니, 쿠도가 당주의 아내에 걸맞지 않다고는 생각했으나 그러고 보면 처음부터 걸맞지 않았다며 조금 뻔뻔해지기로 했다.

아무리 노력해도 미요는 아름답게 꾸미고 미소 짓는 아내가 될 수 없다. 이러다가 이 집에서 쫓겨난다면 그때는 그때다.

게다가 유리에도 마음에 걸렸다.

그녀는 아무래도 통근하는 사용인인 것 같았으나, 늙은 몸으로 매일 아침 일찍 와서 식사를 준비하는 건 힘들 거라는 생각이 들었다.

그렇다면 미요가 하는 게 좋지 않을까.

뭐, 지적을 받았을 때 할 변명이지만.

'재료는 제대로 있으니까…… 밥을 짓고, 된장국과——이 말린 생선은 구이용이겠지. 그리고 채소도…….'

반찬을 생각하며 도구가 있는 장소를 확인하고, 이 교외의 작은 집에 수도가 깔려있다는 것에 감탄하며 불을 피우고 준비를 시작했다.

본래 식사 준비는 요리사가 할 일이지만 미요는 어느 정도 할 수 있다.

왜냐하면 사이모리가에서는 가만히 기다리고 있는다고

미요의 식사가 나오지 않았기 때문이다.

엄밀하게 말하자면 미요는 사용인도 아니었고, 하물며 가족의 일원으로 포함되지도 않았다. 그래서 아버지와 새어머니와 이복동생과 같은 호화로운 요리도, 사용인에게 주는 요깃거리도 주어지지 않았다.

주방에서 남은 재료를 받은 뒤 직접 만들 수밖에 없어서, 재료가 남지 않으면 식사 자체를 건너뛰어야만 했다.

잠시 요리에 집중하고 있었더니 살그머니 부엌문이 열리더니 유리에가 나타났다.

"……미요 님?"

"좋은 아침입니다, 유리에 씨. ……그, 허가도 없이 써서 죄송합니다."

"좋은 아침입니다, 미요 님. 허가라뇨, 당치도 않습니다. 미요 님께서는 도련님의 약혼자시니까요."

유리에는 쾌활하게 웃고는 정말로 아무렇지도 않은 듯 손을 내저었다. 심지어 마님이 되실 분의 손을 번거롭게 해드려서 죄송하다고 사과까지 했다.

'내가 괜한 짓을 해 버린 걸까…….'

유리에가 사과하다니. 그럴 생각은 없었는데.

점점 면목이 없어져서 고개를 숙이자, 등에 따뜻한 손이 살며시 닿았다. 흠칫 놀라 얼굴을 들었다.

"미요 님, 유리에는 이제 쭈그렁 할멈이 되었으니 도와주셔서 기쁩니다. 감사합니다."

"……아, 뇨……."

조금 낮은 높이에 있는, 유리에의 싱긋 웃는 얼굴이 가슴에 스며들어 미요는 말문이 막혔다.

"자아, 도련님께서 일어나길 때까지는 아직 시간이 있습니다. 다른 일도 해 두도록 하죠. 미요 님, 여기는 맡겨도 괜찮겠습니까?"

"네, 그, 저라도 괜찮다면요."

미요의 대답에 만족한 듯 고개를 끄덕인 유리에는 순식간에 캇포기를 걸치더니 종종걸음으로 부엌에서 나갔다.

가라앉았던 기분이 아주 조금 올라온 미요는 유리에가 맡긴 아침 식사 준비를 진행했다.

일하던 도중에도 종종 부엌을 찾아온 유리에에게 슬슬 키요카가 일어날 때가 되었다고 듣고, 이미 완성된 요리를 그릇에 담았다.

갓 지은 쌀밥에 미역과 유부를 넣은 된장국. 미리 만들어 보관되어 있던 조림은 간이 잘 밴 것 같았고, 전갱이 구이는 맛있는 냄새를 풍겼다. 마무리로 시금치나물과 들나물 절임을 담은 작은 그릇을 올렸다.

요리사만큼은 아니어도 대강 만족스러운 한 상이었다.

미요가 아침 식사를 들고 유리에와 함께 거실로 향하자 키요카는 타타미 위에 앉아 신문을 읽고 있었다.

처음 보는 그의 군복 차림은 목깃을 풀어놓고 있어도 멋있어 보여서 눈길을 끌었다.

유리에에게서 들은 바에 의하면, 이 집의 식사는 보통 밥상으로 준비해놓기 때문에 탁자는 치워둔다고 한다. 지금도 나무로 된 낮은 탁자가 거실 구석으로 옮겨져 있었다.

"좋은 아침입니다, 도련님. 아침 식사를 가져왔습니다."

"좋은 아침. ……유리에, 남들 앞에서 도련님이라고 부르지 마."

무뚝뚝한 얼굴의 약혼자는 그래도 아름답다.

완벽해 보이는 그는 미요에겐 너무 눈이 부셔서 직시하지 못하고 시선을 돌렸다.

"도련님, 오늘 아침은 미요 님께서 차려주셨답니다."

유리에의 말에 키요카는 처음으로 미요의 존재를 눈치챈 모양이었다. 신문을 접어서 내려놓은 뒤 눈을 살짝 가늘게 좁히며 이쪽을 보았다.

무시당하는 건 익숙했기 때문에 그대로 미요의 존재를 의식하지 않았어도 상관없었고, 오히려 갑자기 주목을 받으니 난처했다.

"……그런가."

"네! 솜씨가 아주 대단하셔서 무척 도움이 되었습니다."

솔직히 화낼 줄 알았다.

쿠도가 당주의 아내가 되려는 자가 요리를 하다니 무슨 짓이냐고. 하지만 키요카가 생각했던 것은 더 다른 부분이라는 걸 바로 깨닫게 되었다.

"거기 앉아."

그는 싸늘한 시선과 목소리로 미요에게 지시를 내렸다.

시키는 대로 미요는 자신이 내려놓은 밥상 앞에 앉았다. 그러자 키요카 본인은 젓가락을 들지 않고 미요에게 말했다.

"네가 먼저 먹어 봐."

"네……?"

당주보다 먼저 요리에 젓가락을 댈 수는 없다. 미요 안에는 그런 의식이 깊게 박혀 있었기 때문에 움직임을 머뭇거렸다.

애초에 유리에가 시켜서 자신의 밥상도 가져오긴 했으나 미요는 키요카와 함께 식사할 생각은 조금도 없었다. 당주와 동석하는 건 용서해주지 않으리라 생각했기 때문이다.

그러나 키요카는 전혀 먹으려 하지 않는 미요를 보고

한층 표정이 사나워졌다.

"못 먹는 건가?"

그 목소리는 무척 낮다. 떨릴 정도로. 그러나 그 떨림도 키요카에게는 다르게 보였다.

"저, 기."

"흥, 독이라도 탄 건가. 노골적이군."

"네……?"

"독……?!"

유리에가 놀라서 외쳤지만 키요카는 묵살하고 자리에서 일어났다.

"이런, 뭐가 들었는지도 모르는 건 먹을 수 없다. 치워. ――다음에는 더 교묘하게 하도록."

키요카는 씹어뱉듯이 말한 뒤 거실을 나가버렸고, 유리에도 그 뒤를 허둥지둥 따라갔다.

미요는 혼자가 되었다.

새하얘진 머리가 가까스로 미요가 키요카를 암살하려 했다는 의심을 받았다는 걸 이해했다.

'뭐가 들었는지도 모르는 건 먹을 수 없다, 고…….'

그러고 보면 아버지도 자신의 주변을 퍽 경계했었다는 걸 이제 와서 떠올렸다.

권력을 갖고 있으면 그만큼 목숨을 노리는 자도 많아진다.

분명 키요카도 계속 그런 환경에서 살았을 것이다.

독살은 권력자가 가장 경계하는 것 중 하나다.

'들떠있었나.'

본가에서 나와 여기에 오고, 유리에가 일을 맡겨주고.

명가의 영애가 능숙하게 요리하는 것 자체가 부자연스러우니 의심을 받아도 이상하지 않다는 건 생각지도 못했다.

쫓겨나고 싶지 않아서 초조했던 것도 분명히 있다.

——실수하고 말았다.

처음부터 틀리고 말았다. 미요가 한 일은 역시 괜한 짓이었다.

하지만 바로 베이지 않았던 만큼 그나마 다행인 건지도 모른다.

떨리는 손으로 젓가락을 들고 시간이 지나 표면이 조금 말라붙은 밥을 딱 한 입, 혀 위에 올려놓았다.

혼자 다 식은 밥을 먹는 일에는 익숙했는데, 어째서인지 돌멩이라도 삼키는 것 같은 기분이 들었다.

✿ ✿ ✿

대이특무소대(對異特務小隊).

제국 육군 중에서도 특히나 이질적인 그 부대는 제국

내에서 일어나는 괴이(怪異)와 관련된 각종 사건에 대처하기 위해 설립되었다.

대원은 거의 전원이 견귀의 재능 혹은 그 이상의 초월적인 능력을 다루는 이능력자로 구성되어 있다.

애초에 견귀의 재능이 있는 자나 이능력자는 수가 많지 않은데다 대부분 명가 출신이다. 그중에서도 굳이 위험을 동반하는 군인이 되려는 괴짜들이기 때문에 좋게 말하자면 소수정예고 실제로는 만년 인력 부족인, 일반인에게는 그리 알려지지 않은 부서이기도 했다.

그런 특이한 부대를 이끄는 쿠도 키요카 소령은 현재 서류 처리에 쫓기고 있다.

대장이란 부대 안에서 가장 실력이 뛰어난 자가 되는 것임에도 불구하고 안타깝게도 사무소에 있는 경우가 대부분이고 현장에는 잘 나가지 않는다.

물론 특별히 위험한 사건이라면 출동하고, 그 외에도 위에서 명령이 내려오거나 상황에 따라 현장에 나가는 일은 있지만 지금은 쌓여있는 서류를 처리하는 일에 전념하고 있다.

하지만 드물게도 도통 집중이 되지 않았다.

키요카 본인은 그 원인을 정확하게 파악하고 있다. 아침 일이 마음에 걸리기 때문이다.

단, 이유를 알고 있다고 해도 어떻게 할 수 없는 일이라는 것 또한 사실이다.

——이런, 뭐가 들었는지도 모르는 건 먹을 수 없다.

그렇게 말을 뱉고 제 방으로 돌아와 출근 준비를 하고 있었더니 뒤를 따라온 유리에에게 투덜투덜 불평을 듣고 말았다.

"굳이 그렇게 말씀하실 필요는 없었지 않습니까. 미요 님께서 얼마나 열심히 식사를 준비하셨는데요. 유리에는 미요 님께서 독을 넣을 분으로 보이지 않습니다."

부모나 마찬가지인 유리에에게는 옛날부터 강하게 나가지 못하는 일이 왕왕 있었으나, 오늘 아침 일은 키요카도 양보할 마음이 없었다.

어제 처음 만난, 신뢰 관계도 없는 사람이 만든 음식을 입에 넣을 수는 없다. 당연한 일이다.

하물며 그녀는 사이모리의 딸. 그 집안이라면 쿠도의 당주를 매장하고 그 지위를 빼앗기 위해 획책했어도 이상하지 않다. 그 정도로 사이모리도 높은 지위를 지닌 명가다.

따라서 경계했다. 전혀 이상한 일이 아니다.

그럴 텐데, 유리에가 뭐라고 하기도 전에 막연히 불쾌한 기분을 느꼈다.

"도련님, 듣고 계십니까?"

"그래, 듣고 있어."

즉, 유리에가 하고 싶은 말은 이렇다.

사이모리 미요라는 여자는 지금까지 왔던 약혼자나 맞선 상대들과는 어딘가 다르다고.

여태까지 정말 수많은 여성과 혼담이 있었다. 두 손 두 발을 다 써도 셀 수 없을 정도로.

하지만 대부분은 결혼 상대로서 가당치도 않은 여자들뿐이었다.

이 소박한 집을 보고 바로 질색하며 들어오지도 않고 돌아간 사람. 어째서 쿠도가 당주가 이런 작은 집에 살고 있냐며 화내는 사람도 있었다. 키요카에게는 내내 아첨하면서도 뒤에서는 유리에를 괴롭히는 사람도 있었고, 식사가 마음에 안 든다, 방도 마음에 안드니 방도 바꿔 달라며 억지를 부리는 사람도 있었다.

명가의 당주이면서 이런 장소에서 사는 건 일반적이지 않다는 자각은 있다.

하지만 그렇다고 해도 결혼할지도 모르는 상대를 이해하려 하지 않고 자신의 의사만 밀어붙이려고 하는 여자는 딱 질색이었다.

자긍심이 강한 것도, 자존심이 센 것도 부정할 마음은 없다. 그러나 뭐든 마음대로 할 수 있다고 자만하는 것도 적당히 하라고 늘 생각한다. 그리고 늘 파혼하게 된다.

"유리에는 기뻤습니다. 절 염려하며 일을 도와주신 분은 처음이었으니까요."

"……그랬나."

거실을 나설 때 힐끗 보였던 미요의 표정은 아무런 감정도 드러나 있지 않았는데 어째서인지 울 것처럼 보였다.

듣고 보면 확실히 지금까지 온 여자들과는 어딘가 달랐을지도 모른다.

하지만 일하러 나가기 위해 현관에 서자 무표정인 미요가 다가오더니,

"다녀오십시오."

——라며 담담히 머리를 숙였다. 그 얼굴은 이미 울 것처럼 보이진 않았다.

"다녀오지."

깊이 머리를 숙인 그녀는—— 그래, 마치 사용인 같았다.

사이모리 미요라는 여성은 대체 어떤 교육을 받으며 자란 걸까. 평범한 명가의 영애로 자랐다면 그렇게 되지는

않을텐데.

'당분간 지켜보기로 할까.'

손으로 서류를 처리하면서 우선 결론을 내렸다.

사실은 지금까지 그랬던 것처럼 빨리 쫓아내 버릴 생각이었으나, 현시점에서 신경 쓰이는 부분은 있어도 불쾌하진 않았다.

단순히 사이모리의 영애라면 결혼 상대로서 상당히 좋은 조건이라는 것도 있다.

'참나, 근무 중에 여자 생각이나 하다니. 나도 참 태만해졌군.'

키요카는 한숨을 쉬며 일에 다시 집중했다.

날도 완전히 저문 뒤에 귀가하자 마중 나온 듯한 미요가 홀로 현관에 꿇어앉아 정중하게 머리를 숙였다.

"다녀오셨습니까, 낭군님."

"……다녀왔어."

"저기, 낭군님."

종아리까지 올라오는 신발을 벗고 있었더니 작은 목소리가 날아왔다.

그녀는 변함없는 무표정으로 시선은 계속 아래쪽을 향하고 있었다.

"뭐지?"

"……오늘 아침에는 죄송합니다. 주제넘은 행동이었습니다. 낭군님의 입장에 믿을 수 없는 사람이 만든 음식을 입에 넣을 수 있을 리가 없다는 건── 조금만 생각하면 알 수 있는 일이었습니다."

"…………."

"그, 저녁은 전부 유리에 씨가 만들어서 상에 올려놓은 것을 그대로 준비했습니다. 맹세코 독 같은 건 넣지 않았습니다. 부디."

용서해주십시오. 미요는 바닥을 기어가는 듯한 저자세로 머리를 숙였다.

그녀가 오늘 아침 일에 대해 화를 낸다면 그나마 이해할 수 있었다. 그러나 사과를 하는 건 영 떨떠름했다. 아마도 이렇게까지 극진한 사과를 받으니 마치 키요카 쪽이 사과를 강요한 악당 같다는 느낌이 들기 때문이다.

미약하게 떨고 있는 그녀를 앞에 두니 영락없이 약자를 괴롭히는 듯한 기분이다.

"딱히, 널 진심으로 의심한 건 아니다."

다만 키요카가 무의식적으로 경계한 것뿐이다.

"나도 말이 좀 심했어."

"아, 아뇨! 당치도 않습니다. 제가 잘못한 일입니다."

미요는 불쌍할 정도로 송구해 하면서 움츠러들었다. 키요카로서는 압박을 가할 의도는 없었기 때문에 반응이 난감했다.

하지만 새삼 그녀를 살펴보니 그 모습은 도저히 명가의 영애로 보이지 않았다.

입고 있는 기모노는 오래 입어서 바랬다고 하기에도 애매할 정도의 조잡한 싸구려였다.

옷 사이로 보이는 목둘레나 손목은 몹시 야위어서 평소 식생활에 문제가 있다는 생각만 들었고, 간단하게 묶어서 정리한 검고 긴 머리카락도 푸석푸석했다.

더욱이 하얀 손끝은 살갗이 여기저기 터져 있어 평소 물일을 하는 사람의 손이었다.

도시에서 사는 여성이라면 요즘 시대엔 서민이라고 해도 조금은 더 말끔한 상태일 것이다.

"네 식사는? 이미 먹었나?"

고개를 숙인 그녀의 얼굴은 늘 잘 보이지 않는다.

"어…… 그, 저는……."

어째서인지 머뭇거리는 미요.

거실에 들어가자 밥상이 하나밖에 없었다. 먹었다면 그렇다고 말을 하면 될 뿐이다. 이 사람은 아무래도 거짓말을 잘 못 하는 모양이다.

"먹지 않은 건가. 왜 자신의 밥상은 차리지 않았지?"

눈을 이리저리 굴리며 침묵하는 그녀를 보고 당황했다.

가족이나 그에 준하는 관계에 사람끼리 함께 식사하는 건 상식, 당연한 일이라 인식하고 있었는데 아닌 모양이다. 혹은 그녀가 자신의 입장을 모르는 건지.

키요카는 한숨을 쉬었다.

✿ ✿ ✿

이날 하루 미요는 안절부절못했다.

독을 경계해야 하는 사람에게 제대로 생각하지도 않고 식사를 만들어버렸다. 그 결과 먹을 것이 낭비된 것만이 아니라 식사도 하지 못한 채 보내고 말았다.

키요카가 소문대로 냉혹하고 무자비한 인물이라면 이제 이 집에 있지 못하게 될 것이다.

지금까지 왔던 맞선 상대나 약혼자들처럼 쫓겨날 게 틀림없다. 유리에는 신경 쓰지 않아도 된다고 말했지만 불가능하다.

쫓겨나면 이제 돌아갈 장소가 없는 몸. 본래대로라면 당장에라도 입주하여 일할 수 있는 곳을 찾으러 가야만 한다.

어쩌면 자신은 다른 사람을 불쾌하게 만드는 역병신(疫病神) 같은 건지도 모른다.

귀가하자마자 키요카가 쉰 한숨이 가슴을 찔러서 입술을 깨물었다.

"유리에는 네 식사를 준비하지 않은 건가."

안 된다. 유리에가 의심받고 말았다.

순수한 의문을 늘어놓았을 뿐, 가시 하나 없는 키요카의 표정을 눈치채지 못한 채 미요는 당황했다.

"아, 아닙니다."

미요가 먼저 유리에에게 아침 식사 때 남은 것을 먹을 테니까 저녁은 필요 없다고 했다. ――실제로는 낮에 조금만 먹고, 나머지는 음식물 쓰레기를 회수하러 온 이웃 주민에게 넘겨주었지만.

먹고 싶은 마음은 굴뚝같았다. 그러나 하루에 한 끼도 간신히 먹었던 미요는 위가 작은 데다 거기에 아침에 저지른 실수 때문에 식욕이 별로 없었다.

하지만 그걸 솔직하게 말하는 건 무서웠다. 식생활을 언급해서 본가에서 있었던 일이 알려지는 건 껄끄러웠다. 고자질을 하여 평판에 흠집이 난다면 아버지는 미요를 용서하지 않을 것이다.

"그, 식욕이, 없어서. 제가 유리에 씨에게 필요 없다고 했습니다.”

“식욕이 없다고? 어디 아프기라도 한가.”

“아뇨, 별것 아닙니다. 가끔 그렇습니다.”

날카로워진 키요카의 기척을 느끼고 애매모호하게 말을 흘렸다.

정확하게는 가끔 식욕이 없어지는 게 아니라, 가끔 식사를 전부 건너뛰어야만 했었다.

“……그래, 알았다.”

기가 막힌 듯한 목소리였다.

하지만 미요의 식사를 신경 쓴다는 건, 지금 시점에서 키요카는 미요를 쫓아내려는 게 아닌 모양이다.

키요카는 한 번 더 한숨을 쉬더니 옷을 갈아입고 오겠다며 자신의 방 겸 서재로 가 버렸다.

‘……사실은 다정한, 사람.’

어제 이 집에 왔을 때 유리에가 했던 말을 떠올렸다.

키요카에겐 좋지 않은 소문이 있지만 사실은 다정한 사람이니까 긴장할 필요 없다고.

솔직히 아직 키요카가 무섭다.

웃지도 않고, 오늘 아침의 차가운 얼굴과 목소리도 떠올리기만 해도 덜덜 떨릴 정도다. 그 미모 때문에 괜히 더 공포심이 자극받았다.

하지만 미요에게 사과하거나 몸 상태를 걱정하는 등, 차갑기만 한 사람도 아니라는 걸 조금 알았다.

"식었군."

저녁을 입에 넣은 키요카가 작게 투덜거렸다.

지금 먹는 식사는 유리에가 만들어주었던 것이다. 깔끔하게 그릇에 담겨있는 요리를 다시 데우지도 못했기 때문에 이미 미지근하게 식어버렸다.

유리에는 일을 마치고 이미 돌아갔다. 통근이기 때문에 키요카에게서 일찍 돌아가라는 말을 들었다나.

"죄송합니다."

"지금 그건 사과할 일이 아니야. 너는 숨 쉬듯이 사과하는군. 어째서지?"

무슨 일을 시켜도 바로 반응할 수 있도록 옆에서 대기하고 있던 미요는 날카로운 시선을 받고 고개를 숙였다.

금방 사과하는 건 본가에서 그렇게 했기 때문이다. 새어머니나 이복동생이 한번 트집을 잡기 시작하면 사죄 말고 다른 말은 허락되지 않았기 때문이다.

게다가 즉시 사과하지 않으면 더 심한 괴롭힘이나 매도가 날아오기 때문에 반사적으로 사과가 입에 붙었다.

미요는 키요카의 질문에 대답하지 못하고 그저 계속 고

개를 숙였다.

"말하지 않는 건가."

"죄송——."

"사과하지 마라."

가로막는 목소리는 크지 않았는데도 강하다. 순식간에 타인을 따르게 만드는, 그런 목소리다.

"사과하지 마. 사과는 너무 많이 하면 가벼워진다."

그럴지도 모른다. 사과하지 않을 수 있을지 자신은 없지만.

"……잘 먹었다."

어느새 식사를 마친 키요카가 젓가락을 내려놓았다.

그는 아름다운 외모와 달리 분위기는 싸늘하고 무서운 사람이다. 냉혹하고 무자비해서, 쉽게 사람을 베어버린다는 소문도 설득력을 가질 정도로.

하지만 역시 동작 하나하나가 무척 우아해서 무인과는 거리가 멀었다. 남성인데도 마치 애지중지 귀하게 자란 규수와도 같은 고상함이 느껴진다.

그건 그가 유리에의 말처럼 사실은 다정한 사람이기 때문인 걸까.

"저, 저기, 목욕물을——."

바로 데우겠다고 말하려던 차에 그가 고개를 저었다.

"내가 한다."

"하지만."

"지금까지도 내가 했어. 이 집의 욕조는 조금 특별해서 내가 아닌 사람이 다루는 건 어려워."

"특별……?"

"이능을 사용해서 데우는 구조다. 유리에도 못 해."

그러고 보면 이능 중에는 발화 능력이라는 게 있다는 걸 들은 적이 있다. 확실히 그런 것을 사용한다면 목욕물 정도는 간단히 데울 수 있을지도 모른다.

'나와는 연이 없구나.'

이능력자 집안의 일원인 부모님 사이에서 태어났으면서도 견귀의 재능조차 없는 자신.

원래는 쿠도가 당주이자 어엿한 직함도 이능도 지닌 키요카의 신부가 될 자격이 없다.

"왜 그러지?"

"아, 아무것도, 아닙니다."

아마도 그는 미요에게 이능이 없다는 걸 모른다.

그는 집에 오는 신부 후보에 일일이 관심을 갖지 않는 모양이었고, 미요가 사이모리가의 딸이라는 걸 안 시점에서 이능 내지 견귀의 재능을 지니고 있다고 생각했을 것이다.

'역시 결혼하지 않는 게 좋겠어.'

걸맞지 않다. 사이모리 미요는 쿠도가에, 당주의 아내에 걸맞지 않다.

자신 같은 인간은 빨리 쫓겨나는 게 낫다.

그의 아내에 걸맞은 건 카야처럼 뭐든 할 줄 아는 여성이리라.

그 후 미요가 부엌에서 부지런히 뒷정리를 하고 있었더니 목욕하고 나와 간편한 잠옷 차림이 된 키요카가 나타났다.

무슨 일인지 고개를 갸웃거리는 미요에게 그는 아침을 만들어달라고 했다.

"……오늘 아침에는 먹지 않고 남겨서 미안하다. 내일 또 만들어줘."

목욕을 하면서 몸도 마음도 차분해졌기 때문일까. 무서운 분위기는 자취를 감추고, 조금 민망한 듯 눈썹을 찡그리는 키요카의 모습은 한결 어린 인상을 줘서 신선했다.

반사적으로 고개를 끄덕일 뻔했으나 미요는 오늘 아침 키요카의 심기를 건드렸던 원인을 잊지 않았다.

"저, 저는 괜찮습니다만……."

"그래. 당연히, 정말로 독을 탈 생각이라면 용서하지

않을 거지만.”

“당치도 않습니다!”

허둥지둥 고개를 저으며 부정했다.

딱히 훈련을 받은 것도 아닌 데다, 미요 따위가 쿠도가 당주 암살 명령 같은 걸 받을 리가 없다. 아버지가 진심으로 키요카를 암살하고 싶다면 더 우수한 암살자를 준비할 것이다.

애초에 아버지도 새어머니도 카야도 미요가 일찌감치 쫓겨날 것을 의심치 않는다.

“그렇다면 문제없지.”

맡기겠다며, 어쩐지 개운해진 듯한 얼굴로 떠나가는 키요카.

“네, 네에…….”

미요는 어안이 벙벙해서 맥이 빠진 대답을 할 수밖에 없었다.

따뜻한 태양의 빛이 비춰주는 평화로운 집. 어딘가에서 새의 지저귐이 들리는 아름다운 이 집은 자신이 아닌 다른 사람을 위한 낙원.

『잘했다, 카야. 너에게는 견귀의 재능이 있구나. 카노코, 너도 이 아이를 잘 낳아주었어.』
아버지의 목소리였다.
기억하고 있다. 어제 꿈으로 봤던 사건보다도 더 예전 일이다. 카야에게 견귀의 재능이 있다는 게 밝혀졌을 때의 기억.
또 꿈이다. 미요는 자각했다.
『제 딸이니까요, 당연하죠.』
새어머니의 자랑스러워하는 얼굴. 그리고 만족한 듯 고개를 주억거리는 아버지. 이복동생의 기쁜 웃음소리.
거기에는 무척 자연스러운, 무척 행복해 보이는 가족의 모습이 있었다.
그 속에 미요의 자리가 마련되었던 적은 한 번도 없다. 미요는 그들의 가족이 아니니까.
사용인 같은 대우를 받기 전부터 계속, 멀리서 보기만 할 뿐이었다. 아무리 노력해도 손에 들어오지 않는 따뜻한 가족을.
『카야 아가씨께서 견귀의 재능을 발현하셨다고 해.』
『아직 3살이잖아. 대단해라.』
『그에 비해 미요 아가씨는.』
『이제 능력의 발현을 기대할 수 없대.』
『양친이 다 이능력자였는데.』

『재능이 없구나, 불쌍해라.』

수군거리는 목소리가 머릿속에 어질어질하게 울린다.

자신의 자리가, 가치가 점점 사라져갔다. 미요 본인이 뼈저리게 느낄 정도로 저택 안은 카야를 공경하는 분위기가 되고, 대신 미요의 대우는 소홀해졌다.

생각해보면 카야가 미요를 멸시하기 시작한 것도 이 무렵부터였다.

불쾌한 기억이다. 사용인 같은 대우를 받게 된 뒤로는 몸이 적응하지 못해서 괴로웠지만, 이 시기는 마음이 괴로웠다. 아직 어렸던 미요의 마음은 너덜너덜하게 상처가 났다.

『나는, 필요 없는 아이구나.』

스스로 그렇게 중얼거렸던 날을 지금도 기억한다.

이능도 견귀의 재능조차도 없이, 달리 아무것도 자랑할 만한 게 없는 자신은 사이모리가에 필요 없는 존재라고. 10살도 되기 전에 깨달았다.

사용인인 하나는 울상이 되었다. 아직 부모님에게 어리광을 부리고 싶은 나이라면서.

그녀는 지금 어디서 뭘 하고 있을까. 광에 갇혔을 때 새어머니에게 해고당한 뒤로 만나지 못했다.

그 무렵의 그녀는 아직 젊었다. 누군가 좋은 사람과 결혼해서 행복했으면 좋겠는데.

눈을 뜨자 또 눈물이 주르륵 흘러내렸다.

이틀 연속으로 악몽을 꾸다니, 운이 참 없다.

어떠한 경고인 걸까. 사이모리가를 나와도 미요는 자신에게 가치가 없다는 걸 잊으면 안 된다고.

'알아.'

안다. 자신이 얼마나 평범하고, 써먹을 곳 없는 인간인지.

그 집에서 태어나지 않았으면 좋았다고 몇 번을 생각했는지. 평범해도 좋고 조금쯤 생활이 빈궁해도 괜찮으니, 따뜻한 집에서 태어나고 싶었다.

'이런 나를 하나에게 보여줄 수 없어.'

미요를 소중히 아껴주었던 하나는 분명 슬퍼할 테니까.

조용히 일어나 이불을 개고 잠옷으로 입은 유카타를 벗어 평상복으로 갈아입었다.

그때 기모노 중 한 벌에 구멍이 난 걸 발견했다. 아무런 특징도 없는 남색 무명 기모노로, 상당히 오래된 옷이다.

'이것도 이제 버릴 때가 된 건가.'

등의 재봉선이 뜯어졌다. 아마도 약해졌던 실이 어쩌다가 끊어지는 바람에 그대로 터져버린 것이리라.

같은 곳을 거듭 수선했기 때문인지 바늘이 지나간 부분의 옷감도 얇아져서, 더는 고칠 수 없을지도 모른다. 비슷하게 뜯어질 위기인 곳이 여럿 있었다.

이 기모노는 사이모리의 사용인 중 한 명이 이제 안 입는다며 물려준 것이다. 받았을 때 이미 상당히 오래 입었던 옷이었으니 어쩔 수 없다.

하지만 그렇지 않아도 적은 옷가지가 이렇게 점점 입을 수 없게 된다면 조만간 입을 옷이 사라질 것이다. 사이모리가에서 나갈 때 아버지에게 받은 기모노는 새것이지만, 그건 외출용이기 때문에 더러워지면 곤란하고 평상복으로 입기에도 조금 화려하다.

그렇다보니 완전히 수선할 수 없게 될 때까지는 어떻게든 버텨봐야겠다. 미요는 유리에에게 재봉 도구를 빌릴 수 있을지 물어봐야겠다고 생각하며 몸단장을 마친 뒤 방을 뒤로했다.

부엌으로 가자 어제와 다름없는 시간이었는데도 이미 유리에가 와 있었다.

"어머, 좋은 아침입니다. 미요 님."

"……유리에 씨, 좋은 아침입니다."

어째서 어제보다 일찍 온 걸까.

의문이 표정에 드러난 건지, 유리에가 싱긋 웃었다.

"어제 아침 일이 있었으니 신경 쓰여서 일찍 오고 말았답니다. ……오늘의 아침 식사는 어떻게 하실 건가요?"

"아…… 그건."

유리에가 봐 준다면 독이 들어있지 않다는 걸 증명할 수 있으니 키요카가 먹어줄 것이다.

하지만 그럴 필요는 없어졌다. 어젯밤 일을 떠올리고 미요는 아침 식사를 차리게 되었음을 유리에에게 이야기했다.

"어머나, 도련님도 참. 미요 님의 요리를 먹고 싶으셨으면 그렇게 말씀하시면 될 것을."

"……아뇨. 그런 건 아니라고 봅니다……."

"후후후. 그럼 미요 님. 이 유리에도 돕게 해 주세요."

"네, 네에. 부탁드립니다."

오늘 아침의 반찬은 구운 두부 튀김, 계란말이, 우엉조림, 잎채소 무침. 여기에 쌀밥과 된장국이다.

전부 사이모리가의 식탁에 자주 나오던 요리지만 유리에가 만드는 방식은 저택의 요리사와는 조금 달랐다.

재료를 써는 법 하나하나에 집착하지 않고, 두부 튀김이나 달걀말이의 색이 얼마나 노릇한지 까다롭게 가늠하는 기색도 없다. 조미료는 거의 눈대중. 게다가 식기의 무늬나 그릇에 담는 모양새, 밥상 위에 놓는 위치…….

전부 유리에는 크게 고집하는 바가 없었다.

아마도 이게 가정적인 요리일 것이다. 요리사의 방식은 좋게도 나쁘게도 너무 고급스러워서 흉내 내봤자 보통 사람은 시간만 잡아먹을 뿐이다.

미요는 기술이 없기 때문에 솔직히 유리에의 방식을 옆에서 보는 것만으로도 공부가 되었다.

우엉 조림에 사용하는 우엉과 당근은 먼저 가늘게 썰고, 잎채소는 끓는 물에 가볍게 데친다. 달걀말이는 육수와 간장과 설탕으로 간을 내고, 유리에가 직접 만든 목면두부를 사용한 두부 튀김은 가장자리가 갈색으로 노릇해질 때까지 구웠다.

"미요 님께서는 무척 일찍 일어나시네요."

"네. 본가에서는 늘 일찍 일어났으니까요……."

유리에는 '어머, 그러셨군요' 하고 감탄한 듯 고개를 끄덕였다.

"저기, 유리에 씨."

"말씀하세요."

"이 집에 재봉 도구가 있을까요?"

"네, 있습니다. 사용하실 거라면 나중에 방으로 가져다 드릴게요."

"감사합니다."

미요는 안도하며 가슴을 쓸어내렸다. 재봉은 명가의 영애들도 일상적으로 하는 일이기 때문에 의심받지 않은 모양이다.

──뭐, 진짜 영애라면 자신의 재봉 도구가 없어서 곤란하지도 않겠지만.

잡담을 나누며 솜씨 좋게 아침상을 차려 나갔다. 두부튀김의 구수한 냄새와 식욕을 자극하는 우엉의 달콤짭짤한 냄새가 퍼지며 아침 식사가 완성되었다.

어제와 마찬가지로 완성한 요리를 그릇에 담아 밥상에 올려놓고 거실로 가져갔다. 그때 마침 키요카가 나타났다.

"좋은 아침."

"좋은 아침입니다, 낭군님."

일할 때 입는 옷인 군복을 입은 키요카를 앞에 두고 미요는 새삼 긴장했다. 아름다운 약혼자의 모습을 볼 때마다 자신감이 사라진다. 잠깐이라도 이렇게 아름다운 사람의 약혼자로 있는 게 주제넘은 일인 것만 같다.

두 사람은 그리 넓지 않은 거실에 마주 보며 앉았다. 미요는 자연스럽게 밥상의 위치를 뒤로 물릴 생각이었으나, 키요카의 안광에 반쯤 협박당하는 형태로 동석할 수밖에 없었다.

"그럼 먹도록 할까."

"네, 네에……."

대답하긴 했지만 젓가락을 들려 하지 않는 미요를 키요카가 의심스러운 듯 쳐다봤다.

"너도 먹어야지."

"네, 네에. 죄송…… 아뇨. 자, 잘 먹겠습니다."

횡설수설하면서도 젓가락을 들고 키요카와 거의 동시에 음식을 입에 가져갔다.

맛은 평범하다. 입맛이 고급스러울 키요카에게는 맛이 없다고 느껴질지도 모른다.

우아하게 반찬을 입에 가져간 뒤 된장국을 한 모금 마신 그에게 무슨 말을 듣게 될지 미요는 바짝 긴장했다.

"……맛있군."

"!"

"유리에와는 간이 조금 다른 것 같지만, 나쁘지 않아."

특별할 것 하나 없는, 평범한 말투. 그가 진심으로 그렇게 생각하는 것이리라.

무엇보다도.

『맛있군.』

그 한마디만으로 지금까지 혼자서 시행 착오했던 시간이 보답받은 기분이 들었다.

누군가가 이렇게 칭찬해준 게, 인정해준 게 몇 년 만일까.

미요는 가슴속에서 무언가가 치밀어오르는 걸 느꼈다.

"가……, 감사합니다."

목소리가 떨렸다.

"…………왜 우는 거야."

굵은 물방울이 끊임없이 굴러떨어졌다. 미요는 저도 모르는 사이에 울고 있었다.

❀ ❀ ❀

잠시 후 눈물을 그친 미요와 대화는 없어도 평온한 식사를 마친 키요카는 일단 자신의 방으로 돌아갔다.

식사 중의 모습을 떠올렸다.

흑요석 같은, 하지만 어딘가 유리구슬처럼 공허한 그녀의 눈동자가 눈물에 젖어 반짝이던 광경이 어째서인지 뇌리에 달라붙었다.

처음에는 칭찬할 생각으로 한 자신의 말이 마음에 안 들었나 싶어서 당황했다.

유리에와 비교하는 말이 어쩌면 미요에게 상처가 되었을지도 모른다고, 말주변이 부족한 자신이 조금 원망스럽기도 했다.

하지만 맛있다고 한 건 틀림없는 진심이었다.

익숙한 유리에의 맛과는 다른데도 혀가 선뜻 받아들이는 것에 순수하게 감탄했다. 따라서 그 심정을 그대로 입에 담았는데, 설마 울어버릴 줄은 몰랐다.

여성을 위로해본 적은 없다. 내심 어떻게 해야 할지 쩔쩔매고 있었더니,

"죄, 죄, 죄송, 합…… 니, 다……."

이쯤 되면 그녀의 말버릇이라고 해야 할 법한 사과가 뚝뚝 끊어져 들려왔다.

"……그러니까 사과하지 말라고……."

울면서 사과하니 키요카는 더욱 어떻게 해야 할지 알 수 없어졌다.

지금까지 이 집에 왔던 여성들 중에는 억지를 부린 끝에 제 뜻대로 되지 않는다며 짜증을 부리다가 울어버리는 사람도 있었다. 그런 부류는 머릿속에서 멀리 던져버려도 전혀 신경 쓰이지 않았다.

하지만 이때는 아무래도 당황할 수밖에 없었다.

"……휴, 흉한 모습을 보여서, 죄송합니다. 저, 저기, 기, 기뻐서 그만 눈물이."

점점 침착해진 미요가 미미하게 부끄러워하며 뱉은 말

에 키요카는 눈썹을 찌푸렸다.

그녀는 요리를 칭찬해준 게 처음이라고 더듬더듬 설명했지만, 아무래도 그건 그녀가 울어버린 것의 본질적인 이유는 아닌 것 같았다.

배경이 보이지 않는다.

사이모리 미요라는 여성이 지금까지 걸어온 인생, 어떤 환경에서 어떤 어른들 사이에서 어떤 교육을 받으며 자랐는지. 그런, 보통 타인과 마주 보면 다소는 드러나게 될 법한 배경이 그녀의 경우 전혀 보이지 않았다.

아니, 정확하게는 키요카가 아는 영애들과는 인상이 동떨어져 있어서 상상이 가지 않는다.

눈을 감고 미요가 우는 얼굴을 머릿속에서 지우려고 시도하며 군복의 목깃을 여몄다.

"유리에, 내 감각이 이상하다면 그렇게 말해줬으면 하는데."

출근 준비를 돕기 위해 따라온 유리에를 향해 서두를 던졌다.

"혹시 그녀는 평범한 명가의 딸로 자란 게 아닌…… 걸까."

어제부터 계속 품었던 위화감.

쿠도가 당주의 아내가 되기 위해 겸허한 인물을 연기하

고 있을 가능성도 고려했으나, 조금 전 눈물로 어느 정도 확신을 가졌다.

미요의 저 눈물은 연기일 수 없다.

그녀는 정말로, 키요카의 사소한 한마디에 울어버린 것이다.

"그렇죠. 으음."

오묘한 얼굴로 고개를 주억거리는 유리에. 역시 무언가 생각하는 바가 있는 모양이다.

"사정을 물어보면 말해줄 것 같나?"

"그건 어려울 것 같습니다."

너는 본가에서 어떤 생활을 했었냐고 물어보는 건 간단하다. 하지만 여태까지 보인 모습으로 미루어 봐도 아마 미요는 자신과 관련된 걸 선뜻 이야기하려 들지 않을 것이다.

"유리에."

"네. 말씀하시지요."

"티 내지 말고 주의하면서 지켜봐. 나는 밖에서 사이모리를 좀 조사해보겠어."

어차피 이대로 아무것도 모른 채 결혼할 수는 없다. 약혼 관계를 유지하기 위해서든 파혼하기 위해서든 일찌감치 조사해둬서 손해 볼 건 없다.

유리에도 바로 이해했다는 듯 고개를 끄덕였다. 하지만 곧바로 장난기 어린 미소를 지으며 키요카를 올려다보았다.

"알겠습니다. 그나저나 도련님, 이번에는 약혼자님께 흥미가 넘치시네요."

"…………말하지 마. 알고 있어."

인정한다. 여태까지 만났던 결혼 상대 후보자 중에서 미요에게 제일 관심이 간다.

자기소개 후 거의 무시당했음에도 불구하고 이쪽이 고개를 들라고 말할 때까지 꼼짝도 하지 않는 영애라니 듣도 보도 못했다.

요즘 세상에 사용인이라고 해도 어지간히 엄격한 집안이 아닌 한 저렇게까지는 하지 않으리라.

"쑥스러워하지 않으셔도 되는데요."

"쑥스러워한 적 없고, 네가 생각하는 의미에서 그녀를 알려고 하는 것도 아니야."

"에이, 그런 말씀을 하시면 평생 독신이실 걸요."

"…………."

말이 지나치다고 하고 싶었지만, 여성들이 도망쳤던 각종 기억들이 되살아났다.

울거나 화내면서 사흘도 버티지 못하고 떠나가는 영애

들에게 미련 같은 건 눈곱만큼도 없지만, 그렇다면 자신은 어떤 상대라면 받아들일 수 있는지 자문해봐도 잘 모르겠다.

적어도 자신의 어머니 같은 전형적인 영애와 결혼하는 건 사양이다.

"유리에는 미요 님이 좋습니다. 도련님의 부인으로요."

"그런가?"

"네, 그렇습니다."

"유독 단호하게 말하는군."

미요가 이 집에 온 지 아직 사흘째. 그 짧은 기간 안에 아무래도 유리에는 미요가 무척 마음에 든 모양이다.

"아무튼, 부탁한다."

"맡겨주시지요. 제대로 도련님의 장점을 말씀드리겠습니다."

"괜한 짓은 하지 말고."

일말의 불안이 남았지만, 어쩔 수 없다. 유리에라면 선을 지킬 것이다. 아마도.

제국의 중심이 서쪽의 옛 수도에서 동쪽의 제도로 옮겨온 지 벌써 수십 년.

본래 공가나 무가였거나, 공훈을 세워서 화족이 된 가문만으로도 정신이 아득해질 만큼 많이 존재한다. 작위는 없어도 장사나 예술 분야로 상류계급에 들어오려고 하는 자들을 포함하면 더욱 많아진다.

어릴 때부터 엄격한 교육을 받은 키요카라고 해도 그 모든 가문을 외우지는 않았다.

사이모리가는 쿠도가와 마찬가지로 이능을 지닌 가문이기 때문에 당주의 이름과 대략적인 현황 정도는 알고 있으나 그게 전부다. 자세히 조사할 필요가 있을 것이다.

'성가신 사실이 나오지 않는다면 좋겠는데.'

그렇지 않아도 많지 않은 이능력자 가문. 그게 한층 어떻게 되는 사태는 피하고 싶다며, 키요카는 한숨을 쉬었다.

❀ ❀ ❀

사이모리가의 저택에서 두 명의 중년 남자가 마주 앉아 있었다.

어디까지나 개인적인 대화의 자리라는 이유로 둘 다 편하게 약식으로 복장을 갖췄으나, 실내의 분위기는 어딘가 뒤숭숭했다.

두 사람 중 한쪽, 타츠이시 코우지의 아버지── 타츠이시가의 당주인 타츠이시 미노루는 다소 신경질적으로 보이는 얼굴에 언짢음을 드러내며 말이 다르지 않냐고,

또 한 명의 남자── 사이모리 신이치에게 따졌다.

"말이라니?"

반쯤 눈치채고 있다는 걸 숨기려 하지도 않은 채 신이치가 시치미를 뗐다. 그 눈에 띄는 특징이 없는 외모에 유독 짜증이 치밀어, 미노루의 심기가 한층 불편해졌다.

"알고 있지 않나. 왜 미요를 쿠도가에 보냈지? 우리 장남에게 달라고 부탁했을 텐데."

"아아, 그거 말인가."

신이치는 집착할 정도의 일도 아니라며 어깨를 으쓱했다.

확실히 이능을 계승하는 가문은 많지 않다고는 하나, 옛 수도에는 아직 여러 곳이 남아있고 타츠이시의 차기 당주에 걸맞은 영애라면 그 외에도 얼마든지 있다. 굳이 견귀의 재능조차 없는 딸을 선택할 필요는 없지 않나. 하지만 그렇지 않다.

"타츠이시와 쿠도, 그 두 개의 선택지가 있다면 당연히 쿠도를 선택하지. 말할 필요도 없을 텐데."

가문의 격도 모든 게 다 쿠도가 훨씬 위다.

설마 그 아이가 쿠도가에서 잘 해나갈 수 있으리라 생각하진 않지만, 어떠한 기적으로 성공한다면 쿠도 가와 연줄을 얻게 된다. 처음부터 미요에게 아무런 기대도 없는 신이치는 어느 쪽으로 흘러가도 상관없었기에 더 좋은 쿠도를 선택했으리라.

미노루도 사이모리가와는 오랫동안 교류해왔다. 그런 당주의 생각 정도는 이미 간파하고 있다.

하지만 너무나도 어리석은 행동에 가만히 있을 수 없었다.

"미요는 그 우스바의 피를 이어받았단 말이다. 그걸."

"하지만 그 녀석은 우스바의 이능을 계승하지 못했지."

분개하는 미노루와 달리 신이치는 태연자약했다.

5살 때까지 견귀의 재능이 개화한다. 그게 이능력자가 될 수 있는지 없는지를 나누는 분기점이다. 견귀의 재능이 있는 자만이 그 후에 이능력자가 될 가능성을 지니기 때문이다.

즉 19살이 되었는데도 아무런 힘도 얻지 못한 미요는 결함품. 이능력자 일족의 일원으로서 가치는 전무. 표면적으로는 그랬다.

"그렇다고 해도 미요의 아이가 우스바의 이능을 계승하지 않는다는 보장은 없다."

"그렇게까지 해가며 우스바의 힘을 원하는 건가?"

"타인의 마음에 간섭하는 힘이다, 필요 없다는 쪽이 거짓말이겠지! 게다가 이 이상 쿠도가가 강해지면 우리의 입지도 위태롭지 않나."

"그럼 미요가 쿠도에서 버려졌을 때 그쪽에서 신부로 데려가면 되지. 어차피 잘 지낼 수 있을 리가 없으니. 버려진 걸 주워가 준다면 그 녀석도 울면서 기뻐할 거다."

미노루는 작게 혀를 찼다.

이미 이능을 계승하는 가문 중 정점에 있는 쿠도가는 굳이 우스바의 힘을 원하지 않는다. 또 여자들을 바로 내쫓아버리는 쿠도 키요카가 주목할 만한 장점도 없는 미요를 선택할 리 없으니, 높은 확률로 신이치의 말대로 될 것이다.

마음에 들지 않는다. 둘째 딸인 카야를 너무 중요시하는 나머지 미요의 가치를 잘못 판단하고 있는 이 남자가.

말 그대로 황금알을 낳을지도 모르는 딸을 굳이 쫓아내다니, 제정신이 아니다. 덕분에 수고가 늘었다.

"그럼 사이모리가는 앞으로 일절 미요의 처우에 간섭하지 않겠다는 걸로 받아들여도 되겠나?"

"그래. 버린 것이나 마찬가지인 딸이다. 어디에서 뭘 하든, 살든 죽든 관심 없다."

"그렇군. 알았다."

쿠도 따위에게 빼앗길 수는 없다. 미노루는 굳게 맹세했다.

사이모리 미요를 손에 넣는 건 타츠이시가다. 가로채는 건 용납하지 않겠다고.

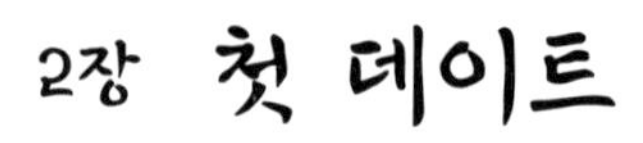

2장 첫 데이트

"미요 님, 계십니까?"

"네."

후스마 너머에서 목소리가 들린다. 후스마를 열자 나무로 된 반짇고리함을 든 유리에가 있었다.

"재봉 도구를 가져왔습니다."

"감사합니다."

예쁜 나무 반짇고리함. 고가의 물건으로 보이는데, 정말로 사용해도 괜찮은 건지 미요는 불안해졌다.

그걸 솔직하게 말하자 유리에는 후후후 웃었다.

"당연히 상관없습니다. 아, 하지만 만약 새것이 좋으시다면 준비하겠습니다."

"아뇨! 당치도 않습니다."

따지자면 거의 몸 하나만 덜렁 여기에 온 미요가 문제다.

재봉 도구 정도는 자신이 마련해야 했는데.

사이모리가에 있을 때는 사용인용 공용 재봉 도구가 있었기 때문에 방심했다.

무일푼인 자신이 비참해서 눈물이 나올 것 같았다.

반짇고리함을 받은 뒤, 미요는 유리에에게 꼭 물어봐야만 하는 게 있다는 걸 떠올렸다.

"저기, 유리에 씨."

"말씀하시지요."

"……그, 낭군님께서는 오늘 아침 일로 화내시진 않으셨나요?"

"화내신다고요? 도련님이요?"

"네."

느닷없이 울어버리는 바람에 분명 키요카는 불쾌했을 것이다.

다시 떠올리자 우울하기도 하고 부끄럽기도 해서 미요는 고개를 숙였다.

이복동생처럼 외모가 빼어난 여성이었다면 남성도 기꺼이 위로하며 껴안아 줄 테지만, 미요로서는 그렇게 되지 않는다. 우는 얼굴 같은 건 추해서 못 봐줄 수준이었으리라.

키요카를 위해서라도 어서 이 집에서 쫓겨나야 한다고

생각하고 있지만, 불쾌한 것을 보여준 게 면목이 없었다.

그렇게 생각해서 던진 질문이었으나, 유리에는 '그럴 리가요!'라며 깜짝 놀라서 눈이 휘둥그레졌다.

"전혀 그렇지 않습니다."

"하지만……."

계속 미요의 존재 자체가 불쾌하다는 말을 들어왔다. 눈물 같은 걸 흘리기라도 하면 추하다, 볼썽사납다며 한층 얼굴을 찡그렸다. 그렇게 어느새 꿈을 꾸며 흘리는 무의식의 눈물 말고는 우는 걸 잊고 있었는데.

매일 아침마다 이렇게 실수가 이어져서는 쫓겨나기 전에 먼저 도망치고 싶어진다.

"미요 님. 우는 건 나쁜 게 아닙니다."

유리에는 다정한 어조로 말했다.

"오히려 눈물을 참으며 감정을 담아두기만 하는 게 훨씬 나쁘답니다."

"……그런, 가요?"

"네. 그러니 자연스럽게 흐르는 눈물은 그대로 흘리시면 됩니다. 도련님은 그 정도 일로 화내시지 않습니다."

사실일까. 아니, 유리에가 하는 말이니까 사실일 테지만.

역시 망설임이 컸다. 바로 실천할 수 없고, 너무 방자하게 굴었다간 예전 같은 생활로 돌아갔을 때가 두렵다.

아버지가 무서우니 스스로는 털어놓을 수 없지만, 미요는 이능도 견귀의 재능조차 없는 몸. 언젠가는 키요카에게 알려져서 여기에서 나가야 하는 날이 온다.

착각해서는 안 된다. 이 생활은 어차피 일시적인 것이다.

이렇게 천천히 따뜻해지며 융해되어가는 마음을 멈출 수 없게 된다 하더라도.

"자, 유리에는 부엌에 있을 테니 부족한 것이 있다면 말씀해주세요."

"아…… 점심 준비인가요? 그렇다면 저도."

"아뇨, 미요 님께서는 하실 일을 하시어요. 다 끝나면 부르겠습니다."

물러나지 않으려는 미요를 적절하게 제지한 뒤, 유리에는 방에서 나가버렸다.

'……내 일 같은 건 뒤로 미뤄야만 하는데.'

이래서는 정말로 쓸모없는 밥벌레가 되고 만다.

침울해하면서도 모처럼 유리에가 시간을 만들어주었으니 미요는 구멍 난 기모노를 꺼내 바늘과 실을 들었다.

바느질에 집중하기 시작한 그녀는 후스마 틈새로 안쪽을 살피는 눈을 눈치채지 못했다.

미요가 쿠도가에 온 지 열흘 정도 지난 밤.
"너는 낮에 뭘 하면서 지내고 있지? 집안일만으로는 시간이 남아돌 텐데."
저녁식사를 하던 도중, 키요카가 불현듯 그런 것을 물었다.
최근 미요는 간신히 이 집에 익숙해졌다.
대화는 적지만 아침과 밤에 두 번, 평상심을 유지하며 키요카와 함께 식사할 수 있을 정도로는.
다른 사람이 보면 별일 아니라고 느낄지도 모르지만, 미요에게 키요카 같은 훌륭한 지위를 지닌 남성과 함께 식사하는 것은 막대한 용기가 필요한 일이다. 나름대로 큰 벽이었다.
한편 그가 없는 낮에는 무척 평화로운 시간을 보내고 있다.
작은 집이라서 오전, 이르면 점심 전에는 청소와 세탁이 다 끝나버린다. 식재료는 업자가 팔러 오기 때문에 장을 보러 갈 일도 없어서 오후는 자유시간이 된다.
유리에는 저녁 전에 돌아가기 때문에 미요 혼자 있다.
"으음, 유리에 씨에게 잡지를 빌려서 읽곤, 합니다."
사실의 절반만 입에 담았다.
실제로는 바느질도 하고 있지만, 어떤 걸 바느질하는

거냐고 물어보면 곤란하기 때문에 그렇게 대답했다.

뜯어지거나, 뜯어질 것 같은 기모노를 수선하고 있다고 하면 새 기모노를 사달라고 조르는 것처럼 보일 것 같아서 싫었다.

가능하다면 키요카나 유리에에게 미움받고 싶지 않다. 따라서 성실한 모습을 보이려고 하지만, 자꾸만 본가나 자신의── 여태까지 살아온 생활에 대해 고자질하게 되는 말은 하고 싶지 않아서 역시나 숨기게 된다. 모순이라는 걸 익히 알면서도.

고개를 숙이는 미요에게 키요카는 무슨 생각을 한 걸까. 그저 '그런가' 하고 고개를 끄덕인 뒤로 입을 다물었다.

그리고 슬슬 저녁 식사도 끝나갈 무렵.

"실은 이번 휴일에 외출할 생각이다."

"네."

갑자기 무슨 말일까. 미요는 일단 대답했다.

"너, 여기에 온 뒤로 한 번도 거리에 나가지 않았지?"

"네."

"……가고 싶지는 않은가?"

'어……?'

갑자기 거리에 가고 싶냐고 물어봐도 잘 알지 못했다.

여학교에도 다닐 수 없었던 미요는 고등소학교를 졸업

한 뒤로 사이모리가의 저택 부지 밖으로는 거의 나가지 않고 지냈다.

처음에는 거리의 혼잡한 소음이 그립고, 자유로웠던 시절이 그리워서 슬펐던 적도 있었다.

하지만 이제 와서는 수중에 자유롭게 쓸 수 있는 돈도 없으니 가 봤자 뭘 하나 하는 마음이 더 강했다. 저택에서 이 집에 오는 도중에도 그저 허무했을 뿐, 거리의 떠들썩한 분위기에 가슴이 설레는 시기는 이미 지나가 버렸다.

"그, 저는, 갈 수 없습니다."

"왜?"

"볼일도 없고, 낭군님과 같이 가는 건 폐가 될──."

키요카가 한숨을 쉬었다.

"폐도 아니고, 볼일 같은 건 없어도 되잖아. 나를 따라다니기만 하면 된다."

"하, 하지만, 방해가 되는 게."

"전혀 방해가 아니야. 복장은 여기에 왔던 날과 같은 옷이면 돼. 그 외에 걱정거리는 있나?"

이렇게까지 말하니 거부할 수 없다.

"아뇨……."

"그럼 그렇게 알도록. 잘 먹었다."

어쩐지 딱딱해진 듯한 표정으로 일어난 키요카가 밥상을 들고 부엌으로 가 버렸다.

'낭군님, 또 황당하셨을까…….'

모처럼 마음을 써서 권유해주신 건데. 미요는 고개를 푹 숙였다.

딱 부러지지 못한 자신이 싫어진다. 어떻게 해야 타인과 잘 마주 볼 수 있는지 떠오르지 않는다. 옛날에는 제대로 하던 일이었을 텐데.

'하지만 이미 외출하기로 정해졌으니까.'

밖에서 키요카에게 망신을 주지 않도록, 불쾌하게 만들지 않도록 지금부터 준비해둬야 한다.

불안과 긴장 속에 기대감과 중압감으로 뒤섞인 복잡한 기분을 느끼면서 미요는 남은 저녁 식사를 입으로 가져갔다.

벚나무가 있었다.

따뜻한 봄날, 사이모리가 안뜰에 있는 한 그루의 벚나무. 분홍빛 꽃이 만개하여 흐드러져 있다.

미요는 꿈이라는 걸 알아봤지만, 아무래도 이번에는 연일 이어진 악몽과는 다른 모양이다.

왜냐하면 이 벚나무는 이미 사이모리가에 없기 때문이다.

미요의 친어머니── 우스바 스미가 사이모리에 시집올 때 이미 자란 상태에서 심은 나무였으나, 그녀가 죽고 1년 뒤에는 약해져서 시들어버렸다.

그렇다. 이 벚꽃이 피어있는 건 아직 미요가 평범하게 사이모리가의 딸로서 지내던 시절. 그러니 이번에는 악몽이 아니다.

게다가 여태까지 꾼 악몽은 자신의 기억에 남은 사건을 추체험하는 식이었는데, 오늘 밤의 이 풍경은 기억에 없다. 벚나무는 미요가 3살인가 4살 때 시들어버렸으니 당연하다면 당연하지만.

멍하니 있었더니 나무 아래에 누군가가 서 있는 게 보였다.

그게 누구인지 바로 알아봤다.

'어머니.'

결이 고우며 길고 검은 머리카락이 아름답다. 입고 있는 벚꽃색 기모노는 그녀가 가장 아끼던 옷이라고 들은 적이 있다. 새어머니에게 빼앗길 때까지 미요도 유품으로서 보물처럼 여겼다.

흐드러지게 핀 꽃과 같은 색의 기모노를 입은, 당장에

라도 사라져버릴 듯 가냘프고 아름다운 어머니는 마치 벚나무의 정령 같았다.

너무 어릴 때의 기억은 정말로 애매모호해서 흐릿하게밖에 남아있지 않으나, 미요는 저기에 서 있는 여성이 어머니라고 단언할 수 있었다.

하지만 이미 비슷한 나이가 되어버린 여성을 향해 어머니라고 부르는 것도 기묘한 느낌이다.

"________."

어머니의 반듯한 입술이 움직인다. 시선은 미요를 향하고 있고, 무언가 전하려고 하는 것 같았지만 멀어서 목소리가 들리지 않는다.

"어……?"

"________."

가까이 다가가려고 발걸음을 옮겨도 전혀 가까워지지 않고, 목소리는 여전히 들리지 않는다.

"어머니."

"________."

"뭐라고 말씀하시는 건가요?"

끊임없이 어떠한 말을 반복하고 있는 것 같은데, 소리는 전혀 들리지 않는다.

그때.

"……윽."

휘잉. 갑작스레 한 줄기의 강한 바람이 불어왔다. 머리카락과 벚꽃잎이 한꺼번에 흩날리며 시야를 뒤덮는 바람에 미요는 반사적으로 눈을 감았다.

『기, 기다…… 기다려주세요, 신이치 님!』

뇌리에 울리는 건 필사적인 기색의, 아마도 어머니의 목소리.

이유는 모른다. 모르지만, 이건 실제로 있었던 과거라는 걸 이해했다.

『아닙니다!』

『뭐가 아니라는 거냐, 스미.』

이번에는 아버지의 목소리도 들렸다.

『미요는, 미요는…….』

『이능이 없지. 그것 말고 뭐라는 거냐.』

태어났을 때부터 한 번도 이형을 보았다는 기색조차 없지 않은가. 아버지는 몹시 불만이라는 듯 내뱉었다.

미요는 주워들은 정도밖에 모르지만, 견귀의 재능을 지닌 자는 아기일 때부터 이미 인외의 존재를 본다고 한다.

하지만 그건 불안정하기 때문에 늘 완벽하게 보이는 건 아니다. 5살 때까지는 그 힘이 안정되면서 늘 완전히 보이게 된 뒤에야 비로소 '견귀의 재능이 발현했다'고 인정

된다.

반대로 성장할수록 이형을 보지 않게 되면 '견귀의 재능이 없었다'는 게 된다.

이형의 존재는 아이들의 눈에 보이기 쉽다고 하지만, 아기일 때 그런 기색조차 보이지 않는다면 그 아이가 견귀의 재능을 지녔을 가능성은 현격히 내려간다.

가끔 예외도 있다는 모양이지만 무척 드물기 때문에, 아이가 태어난 뒤 한동안 지켜보며 이형을 보는 듯한 반응이 없다는 걸 알게 되면 부모의 9할이 포기한다. 이 아이에게는 견귀의 재능이 없다고.

즉, 어머니가 아직 살아있을 때부터 아버지는 미요를 반쯤 내놓은 자식으로 보고 있었다는 뜻이 된다.

『부디, 부디 이 아이를 저버리지 말아 주세요.』

『……이 가문이 사이모리가가 아니고, 이능과는 아무런 관계가 없는 가문이었다면 그 아이를 사랑할 수 있었겠지.』

싸늘한 아버지의 목소리. 옛날에는 미요에게 자상했다고 들었지만, 사랑받았던 건 아니고 단순히 어린아이에게 보이는 자비심일 뿐이었다.

――사랑하는 사람과 헤어져야만 하고 원치 않는 결혼을 억지로 했는데, 그렇게 태어난 아이가 무능한 딸이었

던 아버지의 절망도 헤아릴 수는 있지만.

아버지가 떠나고 혼자가 되었을 어머니는 울 것만 같은 목소리로 작게 중얼거렸다.

『미안하구나, 미요. 한심한 나를 용서해주렴.』

사과하고 싶은 건 미요 쪽이었다. 아무런 힘도 없고, 남을 불행하게 만들기만 하는 자신의 죄가 훨씬 깊을 게 틀림없으니까.

『하지만 괜찮아. 네가 조금 더 자라고 나면──.』

'어?'

머릿속에 울리던 목소리가 끊어지고 미요는 눈을 떴다.

벚나무는 변함없이 그곳에 있었으나, 어머니의 모습은 어디에도 없다.

'자라고, 나면?'

그 뒤에는? 어머니는 대체 뭐라고 말한 걸까.

어쩌면 그녀는 미요가 언젠가는 견귀의 재능을 개화할 수 있으리라고, 그런 상황에서도 기대했던 걸까?

석연치 않은 기분을 맛보면서, 미요는 아름다운 꿈속 세계에서 쫓겨났다.

장지에서 밝은 아침 해가 파고들고 적절히 산뜻한 바람이 들어오는 실내.

경대 앞에서 여느 때보다 정성스럽게 머리카락을 빗었다.

군데군데 이가 빠진 싸구려 빗으로는 큰 의미가 없을지도 모르지만, 시간을 들여 정성스럽게 빗으면 조금은 봐줄 만해질 것 같아서.

이전보다 두 배 이상의 시간을 들인 머리카락은 평소보다 윤기가 있어 보이는 듯 했다.

'어머니, 무척 아름다우셨지…….'

꿈에 나왔던 어머니의 머리카락은 찰랑찰랑하고 매끈해서 아름다웠다.

'내 머리카락도 제대로 손질하면 그렇게 될 수 있을까…….'

자신의 머리카락을 집어 들어 본 뒤 한숨을 쉬었다.

——안타깝게도 불가능해 보였다.

여기에 왔을 때 입었던, 자신과는 어울리지 않는 화려한 기모노. 상한 머리카락. 거울에 비친 자신이 무척 불균형해 보여서 키요카와 외출한다는 게 또 조금 우울해졌다.

"미요 님, 들어가도 되겠습니까?"

"들어오세요."

방에 들어온 유리에는 기묘할 정도로 생글생글 웃었다.

"아름다우십니다, 미요 님."

"……아뇨."

"화장은 안 하시나요?"

뜨끔. 미요의 움직임이 멈췄다.

화장. 당연히 몸단장을 위해 필요할 것이다. 하지만 화장도구가 없다.

"어, 그게, 저는 화장을 잘하지 못해서요."

"그렇다면 유리에에게 맡겨주세요."

"하, 하지만 도구도 없, 는데요."

우물쭈물 시선을 굴리는 미요를 보며 유리에의 미소가 한층 더 짙어졌다.

"괜찮습니다. 보세요, 도구는 여기에 있으니까요."

처음부터 준비해온 건지, 유리에의 손에는 정말 화장도구가 들어있다는 상자가 있었다.

'분명 내가 소지품이 별로 없다는 걸 이미 눈치챈 거야.'

아담한 집이다. 알아차렸어도 놀랍진 않지만.

키요카에게도 그 사실이 전해졌을지도 모른다고 생각하니 숨어버리고 싶을 만큼 부끄러웠다.

"자, 이쪽을 봐 주세요."

혼자 고뇌하는 미요를 두고 유리에는 척척 도구를 펼쳐놓은 뒤 화장을 해주기 시작했다.

분은 아주 얇게. 눈썹의 모양을 다듬고, 마지막엔 여러 종류의 입술연지 중에서 부드러운 붉은색을 골라서 발랐다.

"네. 다 되었습니다."

유리에가 말한 것과 거의 동시에 후스마 저편에서 목소리가 들렸다.

"슬슬 나가고 싶은데."

"지, 지금 갑니다! 유리에 씨, 감사합니다."

"천만의 말씀입니다. 즐겁게 다녀오세요."

미요는 거울로 얼굴을 확인하지도 못한 채 방에서 뛰쳐나왔다. 그러자 그곳에는 어두운 남색의 기모노에 흐린 황갈색의 하오리를 걸친 키요카가 있었다.

"죄, 죄송합…… 아, 아니, 기, 기다리셨습니다."

"아니. 기다리진 않았어. 재촉해서 미안하다, 가자."

"네."

오늘은 키요카와 외출하는 날.

드디어 시작이라며 미요는 기합을 넣고 그의 뒤를 따라갔다.

"저, 저기, 오늘은 어디에 가시는 거죠?"

키요카와 둘이 자동차를 타고 제도로 향하는 도중, 목적지를 모른다는 사실을 퍼뜩 깨닫고 물었다.

"그래, 말을 안 했던가. 먼저 내 일터로 간다."

"네……?!"

'일터?!'

군인인 키요카의 일터라면 당연히 제국 육군 본부일 것이다.

미요는 실제로 본 적이 없지만, 광활한 부지에 다양한 군 관련 시설이 모여 있고 일반인이 보기에는 무척 삼엄하다고 느껴지는 장소라나.

그런 곳에 갈 마음의 준비는 되어있지 않았기에 긴장해서 손이 떨렸다.

"음? 아니. 그런 표정 짓지 마. 군 본부에 가는 게 아니다."

자동차의 운전대를 조작하면서도 미요가 놀랐다는 걸 정확하게 알아차린 듯한 키요카는 희미하게 쓴웃음을 지었다.

"어, 하지만, 일터라고, 하셨죠?"

"그래. 하지만 군인의 직장이 반드시 군 본부인 건 아니야. 그곳은 제도의 중심부와는 조금 떨어진 장소에 있고, 제도의 온갖 곳에 주재소도 흩어져 있지. 특히 대이특무소대는 군 내부에서도 여러모로 이질적이라 본거지는 군 본부가 아닌 제도 안에 있는 다른 장소에 설치되어 있다. 그리 큰 시설이 아니니까 긴장하지 않아도 괜찮아."

아무리 학식이 얕은 미요라고 해도 사이모리가에 있었던 이상 대이특무소대의 이름 정도는 알고 있었다.

애초에 구성원 대부분을 희귀한 존재인 이능력자나 견귀의 재능을 지닌 자가 차지하는 소대이다. 규모가 그리 크지 않다는 것도 쉽게 상상이 갔다.

우선 이대로 가도 괜찮을 것 같다. 미요는 안도의 숨을 뱉었다.

"게다가 그저 이 차를 두러 가는 것뿐이다. 별일 아니야. 대원들과 마주칠 일도 없겠지."

"그, 그렇습니까."

이 나라에서 자동차는 아직 보급이 막 시작된 상태. 먼 거리를 금방 이동할 수 있는 건 커다란 장점이지만, 모처럼 소유하고 있어도 주차할 수 있는 장소는 한정적이다. 제도를 돌아다니려면 어딘가에 세워놔야 한다.

그런 대화를 나누는 사이에 어느새 첫 목적지에 도착했다.

입구에는 경비가 서 있었으나 자동차의 창문에서 키요카가 얼굴을 내밀자 별다른 말 없이 순순히 통과되었다. 역시 대장님이다.

'어쩐지 소학교의 교사 같아.'

대이특무소대 본거지의 건물은 서양풍의 건축양식이 도입되어 있어, 형태나 크기도 미요가 다니던 소학교의 분위기와 어딘가 비슷했다. 거리 풍경에 잘 녹아드는 외관이다.

물론 소학교의 교정과 비슷해 보이는 훈련장에 있는 사람들은 어린아이들이 아니라 군복을 갖춰 입은 성인들이지만.

"자, 그럼 갈까."

자동차를 적당한 장소에 세우고 내린 두 사람은 정문을 향해 걸어갔다.

"어라~? 대장님?"

잠시 후 등 뒤에서 태평한 목소리가 날아왔다. 군복을 입은 젊은 남자의 등장에 키요카는 무척 귀찮다는 듯한 표정이 되었다.

"고도."

"대장님, 오늘은 비번 아니셨어요?"

"그래, 비번 맞아. 차를 두러 온 것뿐이니까."

"에이, 뭐야."

고도라고 불린 대원은 조금 경박한 인상을 주는 부드러운 얼굴에 미소를 머금고 어깨를 으쓱한 뒤 힐긋 미요 쪽을 보았다.

미요는 주눅이 들어서 무심코 반걸음 정도 뒤로 물러났다.

"근데 그쪽 분은요? 누구세요?"

"내 일행이다. 캐지 마."

쌀쌀맞을 정도로 단호하게 잘라버리는 키요카. 하지만 고도는 익숙한 건지 딱히 신경 쓰는 기색도 없이 '흐으응' 하고 대답했다.

"뭐, 됐다. 대장님, 내일 제대로 출근해주세요."

"당연하지. 너야말로 빨리 제자리로 돌아가. 이런 곳에서 여유 부릴 시간은 없을 텐데."

"네에 알겠습니다. 그럼."

미요는 조금 주저한 뒤 떠나는 고도를 향해 가볍게 머리를 숙였다.

그리고 다시 둘이서 걷기 시작하자 키요카가 입을 열었다.

"저 녀석은 일단 내 측근 자리에 앉아있는 남자로, 고도라고 한다. 저래 보여도 이능력자 중에서는 유능한 편이지."

"아……."

"본의는 아니지만."

저 녀석은 늘 저런 식으로 실실거린다며 키요카는 떨떠름한 표정을 지었다.

그 후 고도 말고는 아무와도 마주치는 일 없이 정문에서 한 걸음 밖으로 나오자, 자동차로 지나갔을 때는 들리지 않았던 소음이 귀에 파고들었다.

서양의 색과 전통의 색이 뒤섞인 복작복작한 시가지. 키가 크고 모던한 건물이 가득하고, 활기가 넘치는 도로는 사람으로 득시글거렸다.

오랜만에 느끼는 시가지의 분위기는 역시나 독특해서 생각했던 것보다 미요의 마음을 설레게 했다.

"어디 가고 싶은 곳은 있나?"

"네?"

설마 그런 걸 물어볼 줄은 상정하지 않았기 때문에 깜짝 놀랐다.

"뭔가 사고 싶은 것이나 원하는 물건은 없나?"

"아, 아뇨, 네, 딱히 없습니다."

오늘은 정말로 키요카를 따라다니기만 할 생각으로 왔다. 물욕이 사라진 지 오래되었으니 갑자기 원하는 게 떠오를 리도 없다.

심각한 얼굴이 된 미요를 보고 키요카는 피식 표정을 누그러트렸다. 무의식중에 넋을 놓고 쳐다보게 될 만큼 아름다운 미소는 일반인에게는 독이다.

"그런가. 그럼 내가 가는 대로 따라와 주겠어?"

"네."

봄에서 초여름으로 접어들고 있는 이 시기의 햇살은 적

당히 따뜻해서 산책하기에는 최적이었다.

화사한 복장의 사람들이 오가는 모습이나 옆을 지나가는 노면전차, 온갖 특이한 가게와 시설. 전부 미요에게는 그리우면서도 신선해서 자꾸만 시선이 갔다.

그런 그녀를 키요카도 온화한 얼굴로 지켜보았다.

"즐거운가?"

"앗……. 죄, 죄송합니다! 제가."

한눈을 팔았다는 사실에 미요는 부끄러워져서 고개를 숙였다.

키요카의 볼일에 따라왔을 뿐인데 당주를 내버려 두고 풍경을 쳐다보느라 정신이 없었다니, 말도 안 되는 일이다.

'나 분명 시골에서 갓 상경한 사람처럼 행동했을 거야. 부끄러워서 고개를 들 수 없어…….'

계속 제도에 살았는데. 심지어 나온 지 얼마나 되었다고 키요카에게 괜한 망신을 주고 만 게 아닐까.

"신경 쓰지 마라. 원하는 만큼 경치를 즐기도록 해. 나도, 아무도 그걸 비난하지 않아."

"하지만."

정말로, 정말로 괜찮은 걸까.

미요 같은 여자를 데리고 걷는 것만으로도 부정적인 의

미로 눈길을 끌 텐데, 한층 더 먹칠하는 꼴이 된다.

그러자 머리 위로 커다란 손이 살며시 올라왔다.

"나에게 폐가 된다는 생각을 할 필요는 없어. 널 데리고 나온 건 다름 아닌 나다."

"…………."

"알겠지?"

"…………네."

키요카의 손도 얼굴도 목소리도, 무척 다정하다. ——다정하지만, 거부를 허락하지 않는 수수께끼의 압력이 느껴져서 미요는 고개를 끄덕였다.

"하지만 한눈팔다가 미아가 되진 말고."

"네. 조심하겠습니다."

"좋아."

그의 보폭은 특히 느릿하다. 그게 미요를 위해서라는 걸 알아보고, 그의 다정함에 또 눈물이 나올 것 같았다.

이 사람의 어디가 냉혹하고 무자비하다는 걸까. 이렇게 다정한 사람인데.

만약 미요에게 이 사람과 걸맞은 무언가가 있었다면. 분명 계속 따라갔을 텐데.

그러지 못하는 자신이 또 싫어질 것 같았다.

"여기가 목적지다."

키요카가 멈춰 선 곳은 커다란 포목점. 간판이나 가게 자체의 분위기로 보아 아마도 노포나 고급이라는 수식어가 붙는 부류다.

가게 안은 타타미가 깔려있고, 횃대에는 아름다운 후리소데가 걸려 있다. 여름 대비인 건지 선명한 색상의 옷감이 선반에 쌓여있었다.

포목점에는 처음 들어오기 때문에 미요는 압도당했다.

"크다……."

"여기는 '스즈시마 가게'라고 하는데, 쿠도가가 예부터 애용하는 가게다. 황실의 의복을 만들기도 한다는군."

"대, 대단한 곳이네요……."

키요카의 설명에도 뻣뻣한 맞장구밖에 치지 못할 만큼 긴장했다. 그리고 갑자기 자신의 옷차림이 무척 신경 쓰였다.

딱히 이상한 복장인 건 아니라고 보지만, 일류 가게에 들어가기에는 너무 초라하지 않을까.

애초에 지금 입은 기모노는 무늬도 색도 어울린다고 하기 어렵다. 아마도 아버지가 적당히 지시해서 마련한 것이리라. 싸구려는 아니지만, 딱히 좋은 것도 아닌 수준이다.

"어서 오십시오, 쿠도 님."

"오늘은 신세 지도록 하지."

이 가게의 주인으로 추정되는, 고상한 초로의 여성이 다가와 정중하게 머리를 숙였다.

차분한 분위기면서도 화사함이 느껴지는, 세련되어 보이는 여성이다.

"사전에 연락해주셨던 물품에 대해 조건에 맞는 것을 이쪽에서 적당히 골라두었습니다. 안쪽으로 와 주시지요."

"그래."

키요카의 기모노를 사는 모양이다. 미요는 따라가는 게 좋을지 잠시 망설였다.

가만히 있었더니 점원 여성이 생글생글 웃으며 다가왔다.

"아가씨께서도 이쪽으로. 가게 안을 둘러봐 주세요."

"그, 그렇군요. ……낭군님, 저는 가게의 옷을 구경하며 기다리고 있을 테니……."

쭈뼛쭈뼛 제안하자 키요카는,

"원하는 대로 해. 마음에 드는 게 있다면 말해라. 돌아갈 때 사지."

라는 말을 남기고 가게 안쪽으로 들어갔다.

'낭군님이 사 주신다니, 그런 황공한 일은.'

이 가게에 있는 건 한눈에 봐도 다 고급스럽다. 도저히 가볍게 조를 수가 없다.

애초에 비싸든 저렴하든 무언가를 받는 건 죄책감이 든다.

"하아……."

분에 맞지 않는 자리라는 걸 절절히 느끼며, 미요는 여성 점원의 안내를 받아 가게 안을 둘러보기로 했다.

안쪽의 타타미방으로 들어간 키요카는 '스즈시마 가게'의 주인—— 케이코와 마주 보았다.

두 사람 사이에는, 아니, 방 전체에 파도가 치듯 아름다운 여성용 옷감이 빽빽하게 걸려 있었다.

"후후후. 쿠도가의 도련님도 드디어 때가 왔군요."

케이코와는 키요카가 어릴 때부터 아는 사이다. 기모노를 맞출 일이 있으면 반드시 이 가게에 신세 졌기 때문에, 그녀는 많은 것을 알고 있다.

예를 들어 키요카가 결혼은커녕 연인조차 제대로 사귄 적이 없다는 사실이라든지.

골치 아픈 이야기다.

"딱히 그런 게 아니고……."

"부끄러워하시지 않아도 괜찮답니다. 도련님이 여성을 데려오시다니, 처음이잖습니까."

확실히 그렇긴 하지만.

오늘 여기에 온 건 유리에의 보고를 들었기 때문이다.

『미요 님께서는 낡은 옷을 손수 수선하고 계십니다——.』

재봉 도구를 가져갔더니, 놀랍게도 미요가 뜯어진 기모노를 직접 고치고 있었다고 한다.

유리에는 말리려고 했지만 미요가 그 일을 별로 알리고 싶어 하지 않는 것 같았다는 걸 떠올리고 지켜보기만 하기로 했다고.

키요카 본인도 평소 미요가 입는 옷이 마음에 걸리긴 했다.

지방의 가난한 농민과 비슷하거나 그보다 못한 낡은 옷. 색이나 무늬에 차이는 있어도 다들 비슷비슷하게 해진 옷이라 아무래도 마음이 아팠다.

따라서 지금까지 결혼 상대 후보들은 부탁을 받아도 무언가 사 줄 생각이 들지 않았는데, 드물게도 이렇게 이 가게에 와서 기모노를 사 주려고 하고 있다.

무언가 특별한 의미가 있는 건 아니다.

"그래서, 그녀에게 어울릴 법한 건 있나?"

노골적으로 화제를 돌리는 키요카에게 케이코는 내심 재미있다는 듯 웃었다.

"후후. 음, 그렇네요. 그 아가씨에겐 이것이나, 이것처럼 옅은 색이 어울리실 것 같습니다."

흠, 하고 고개를 한 번 끄덕였다.

케이코의 말대로 계절을 고려해도 옅은 색의 기모노가 좋을 것이다. 하늘색이나 연두색, 연보라색도 괜찮을지도 모른다.

케이코의 조언도 들으면서 고민하던 도중 문득 시선을 올린 끝에 어떤 옷감이 눈에 들어왔다.

"저건?"

"아, 저것도 좋은 옷감이죠. 지금부터 맞춘다면 계절이 조금 안 맞게 될지도 모르겠지만요."

그건 아름다운 벚꽃색의 옷감이었다. 옅은 색이면서도 어딘가 선명하게 느껴지는 색상이라 눈길을 끌었다.

'이 색은, 어울리겠군.'

무의식적으로 상상——하려다가, 급하게 지워냈다.

'나는 뭘 하는 거냐.'

특별한 의미는 없다. 없다면 없다.

멋대로 상상했다간 미요도 징그러워할 게 틀림없다. 아니, 오히려 상상하려고 한 자신이 징그럽다. 나이도 먹을 대로 먹어놓고.

"이걸로 하나 만들어줘."

"어머, 괜찮으신 건가요?"

결국 벚꽃색 옷감을 들고 케이코에게 넘겼다.

“그래. 시기가 얼마나 지났든 내년 봄에 또 입을 수 있으니까. 그리고 이쪽 옷감으로 몇 벌 정도 만들어주지 않겠나? 예산은 생각하지 않아도 된다.”

“알겠습니다.”

케이코의 추천을 받아 키요카도 좋다고 생각한 색의 옷감을 몇 점 더 골라서 주문했다.

“오비와 잡화도 어울리는 무늬로 부탁하지. 맡겨도 되겠나?”

“네, 물론이죠. ……아, 맞다.”

짝 손뼉을 친 케이코가 구석에 놓여있던 손바닥 크기의 상자를 가져왔다.

“이건 오늘 가지고 돌아가시는 것 맞죠?”

받아든 상자의 뚜껑을 열었다. 그곳에 미리 부탁해두었던 물품이 들어있는 걸 확인한 뒤 키요카는 고개를 끄덕였다.

“그래, 고맙다. 가져가지. 대금은 기모노와 합쳐서 청구하고.”

“알겠습니다. ……쿠도 님.”

“왜?”

상자를 소중히 품에 넣은 뒤, 새삼스럽게 자신을 부르

는 케이코를 쳐다보았다.
눈에 힘을 준 그녀가 무슨 소릴 하나 싶었는데.
"명심하세요. 그 아가씨는 반드시 곁에서 떼어놓으면 안 됩니다!"
"뭐?"
"저분은 말하자면 원석입니다. 저 머리카락도 피부도 얼굴마저도! 가늠할 수 없을 만큼 성장의 여지가 있습니다. 갈고닦고 나면 도련님과 나란히 서도 손색이 없을 만큼 미인이 될 거예요."
케이코는 사람을 꾸며주는 것을 다루는 일을 하는 직업상 그런 분야에 고집이 있는 모양이다.
그러는 키요카도 미요는 절대 못생기지 않았다고 생각하지만.
"오늘 사 주신 물품은 시작에 불과합니다. 앞으로 도련님의 사랑과 재력으로 곁에 두시고 갈고닦으시는 거예요. 그러면."
"그러면?"
"아름다운 여성을 마음껏 꾸며주는 즐거움이 생겨납니다!"
아무래도 그게 본심인 모양이다.
"하아. 참나……. 사랑이라니, 그런 게 아니라고 했을 텐데.”

키요카의 어머니 또래인 케이코가 어린 소녀처럼 눈을 빛내며 득의양양하게 열변하는 것을 보고 한숨을 쉬었다.

하지만 나쁘지는 않다고, 이상한 생각을 하는 부분도 조금은 있었기에.

“또 신세 지도록 하지.”

깊게 생각하지 않고 그렇게 입을 놀렸다.

가게 안으로 돌아오자 미요가 어떠한 것을 가만히 응시하고 있는 게 보였다. 그 시선을 더듬어갔더니.

그 벚꽃색 옷감이 있었다.

아무래도 비슷한 게 전시되어 있는 모양이다.

‘하지만 저 표정은.’

어딘가 외로운 듯, 결코 손에 들어오지 않는 것을 바라보는 듯한, 그런 표정이다.

“……어머니.”

귀를 기울이고 있지 않았다면 듣지 못했을 정도로 작은 목소리. 미요는 키요카가 돌아왔다는 걸 눈치채지 못한 모양이었다.

아주 잠깐 망설였다가 말을 걸었다.

“그게 마음에 드는 건가.”

"……! 나, 낭군님! 그, 저기, 이건 갖고 싶다거나, 그런 게 아니라."

"…………."

"어머니의, 유품 중에 비슷한 색의 기모노가 있어서…… 아니, 이제는 없지만요. 반가웠던 것, 뿐입니다."

"그런가."

그 유품의 행방이 궁금하긴 했지만.

우선 싫어하지는 않는 모양이라 안도하며 가슴을 쓸어 내렸다.

"그 외에 무언가 마음에 드는 건 있었나?"

"아, 아뇨. 지금은 아직, 충분, 하니까요."

미요는 나서서 무언가를 원하지 않는다. 사양하고, 또 사양하고—— 그렇기에 키요카도 오늘 이 가게에 온 목적을 그녀에게 말하지 않았다.

알려주면 면목 없어 하면서 죽상이 되는 그녀가 쉽게 상상이 갔다.

그리고 그 판단은 틀리지 않았다고 확신했다.

"그럼 갈까."

"네."

"또 찾아와주시는 날을 기다리고 있겠습니다."

깊이 머리를 숙이는 케이코와 점원들의 배웅을 받으며

두 사람은 '스즈시마 가게'를 뒤로했다.

"맛있나?"

"앗, 네. 달고 맛있습니다."

포목점에서 나온 미요와 키요카는 휴식과 출출한 배를 채울 겸 군것질 가게에 들어왔다.

사양할 필요 없다는 말을 듣긴 했으나 뭘 주문할지, 아예 주문 자체를 할지 말지 끙끙 고민하던 미요도 마지막에는 키요카의 말 없는 압박에 패배하여 가격도 비싸지 않고 가게의 추천 상품이기도 한 앙미츠를 시켰다.

다만 같은 탁자의 맞은편에 앉은 키요카가 여느때보다 가깝다는 긴장감과 다른 손님이 그를 주목하는 시선이 신경 쓰여서 맛을 제대로 알 수 없었다.

'쳐, 쳐다보고 있어…….'

거리를 걸을 때부터 그랬다.

평범하게 걷기만 하고 있을 뿐인데도 불구하고 키요카는 주위의 주목을 모은다.

'그 기분은, 잘 알지만.'

쿠도 키요카라는 사람은 절세의 미청년이다. 아름답고 긴 머리카락을 지녔고, 일거수일투족이 무척 우아하고 빈틈이 없어서 시선을 빼앗긴다. 멀리서 보아도 그 존재감은 압도적일 것이다.

그런 사람을 쳐다보지 않을 리가 없다.

더불어 특히 젊은 여성이 미요를 어마어마하게 노려보고 있다.

어째서 저런 사람이 저렇게 멋진 사람과 함께 있는 거냐고 불만인 걸까. 확실히 유리에에게 빌린 잡지에 연재되는 연애소설 중에 비슷한 장면이 있었다.

소위 질투심이지만 미요의 입장에서는 완전히 예상 밖의 일이라 그런 여성들에게 해명하고 사죄하러 다니고 싶을 정도였다.

저는 그냥 따라온 것뿐입니다. 맹세코 이분과는 아무런 사이도 아닙니다.

뭣하면 자신이 약혼자 자리에서 내려온 뒤에는 마음대로 해도 상관없다. 그렇게 말하고 돌아다닐 수 있다면 좋겠다는 생각을 벌써 백 번 정도는 했다.

하지만 그런 의미 없는 생각도 어쩐지 기분이 좋은 듯한 키요카의 표정을 보면 흐물흐물 풀려서 어디론가 사라졌다.

평소에는 굳이 따지라면 무표정, 아니, 무뚝뚝한 느낌이기 때문에 더욱더.

어쨌거나 미요로서는 여러모로 안절부절못하게 되는 요소에 둘러싸여서 죽을 맛이었지만.

"그리 맛있다는 얼굴이 아닌데."

"그, 그렇지 않습니다."

팥, 하얀 경단, 한천. 흔히 먹을 수 없는 군것질거리다. 맛없을 리가 없다.

'아마도. 분명히.'

"……너는 정말 웃지 않는군."

툭 굴러나온 듯한 중얼거림에 심장이 철렁했다.

확실히 기쁘다는, 맛있다는 듯한 표정 하나도 짓지 못하는 사람은 징그러워 보일 뿐일지도 모른다.

"그건…… 죄송합니다."

"아니, 질책하는 게 아니라. 다만 웃는 모습을 조금 보고 싶다고 해야 할까, 흥미가 있다고 해야 하나."

미요가 웃는 모습에 흥미? 무심코 고개를 갸우뚱 기울였다.

"낭군님은 그, 특이한 분이시네요……?"

"…………."

"아, 죄, 죄송합니다! 건방진 소리를. 시, 실언이었습니다. 정말로 죄송합니다."

당주에게 대고 특이하다는 말을 하는 건 지나친 실례다.

오랜만에 거리에 나와 다양한 것을 보고 마음이 설레었다. 그리고 들뜬 마음에 경솔하게 입을 놀렸다. 최악이다.

분명 카야였다면 이런 실수는 저지르지 않는다. 그 아이는 미요를 괴롭혀대긴 했지만, 요령이 좋아서 절대 다른 사람에게 혼나지 않았다.

미안함과 한심함에 무의식중에 몸이 움츠러들었다.

“나는 화나지 않았어. 그러니까 그런 식으로 움츠러들 필요는 없다.”

“하지만, 저는…….”

“우리는 이대로 가면 결혼할 사이다. 생각한 것은 뭐든 말할 수 있는 관계가 좋지. 나도, 네가 지금처럼 솔직하게 말하는 게 더 기쁘다. 사과가 아니라.”

이번에야말로 미요는 완전히 굳어버렸다.

‘결혼할 사이…….’

그는 분명 모른다. 미요가 이능이 없다는 것도, 심지어 남들은 다 배우는 교양 같은 것도 없어서 도저히 쿠도가의 신부가 될 수 없다는 것을.

지금은 괜찮아도, 결혼해서 상류사회에 나가면 확실하게 그 흠집을 숨길 수 없게 된다.

살며시 숟가락을 내려놓았다.

오늘은 키요카에게 수많은 것을 받았다.

여기서 이렇게 즐겁게 차를 마실 수 있는 것도, 멋진 거리의 풍경을 본 것도, 이 앙미츠도.

고맙다면, 그를 위한다면, 설령 원망을 받는다고 해도 지금 여기에서 자신은 불가능하다고, 당신에게 걸맞지 않다고 미요가 먼저 밝혀야 할 것이다.

'하지만.'

바라고 말았다.

조금이라도 오래 이 사람과 살고 싶다. 가능하다면 그를 뒷받침하고 싶다.

그러니 지금은 밝히고 싶지 않다. 이기적인 생각을 한다는 자각은 당연히 있지만, 그래도.

사과가 아니라 미요의 솔직한 감정을 듣고 싶다고 말해준 것도 무척, 무척 기뻤으니까.

'나중에 얼마든지, 어떤 벌이든 받겠습니다. 그러니까.'

지금만은 용서해주시길.

"아, 알겠, 습니다. 앞으로는 제대로, 말하겠습니다."

"그래."

처음 만났을 때는 상상도 하지 못했던 키요카의 부드러운 미소가 가슴에 파고들었다.

조금만 더 이 행복한 시간을 보낸 뒤에 사실을 말하자. 미요는 마음속으로 은밀히 맹세했다.

✿ ✿ ✿

키요카는 일부러 아무것도 묻지 않았다. 미요의 표정이 어둡게 흐려진 이유를. 억지로 물어보지 않아도 곧 확실해질 일이다.

아무것도 보지 못한 척하면서 대금을 치르고 군것질 가게에서 나온 뒤에는 산책을 이어갔다. 서점을 들여다보기도 하고, 진달래가 가득 피어있는 공원에 가 보기도 했다.

일일이 신선한 반응을 보여주는 미요는 동행자로서 더없이 재미있는 존재로, 뜻밖에 키요카도 즐길 수 있었다. 가끔은 이렇게 휴일을 보내는 것도 좋다고 만족할 수 있을 정도로.

그 후 최근 유행하는 양식점에서 식사를 마친 뒤 차를 가지러 갔다가 집으로 돌아올 무렵에는 날이 많이 저물어 있었다.

"저기, 낭군님. 오늘은 감사했습니다."

차에서 내린 뒤, 역시 어딘가 긴장한 듯이 미요가 말했다.

오늘 하루 만에 상당히 풀어진 것처럼 느꼈지만 그녀가

자연스럽게, 격식을 차리지 않고 대해주는 건 아직 먼 모양이다.

"이쪽이야말로. 억지로 데리고 다닌 것 같아 미안하다. 조금은 즐거웠나?"

"네. 무척 즐거웠습니다."

"그렇다면 다행이군. 또 가자."

"……네."

그때 품에 넣어두었던 상자를 지금 꺼내야 하는지 잠깐 머뭇거렸다.

'그만둘까.'

오늘 이 순간, 마주 보고 건네주는 건 이래저래 지장이 있을 물건이다. 미요의 짐이 되어버리는 건 본의가 아니다.

밤. 고민한 끝에 미요가 목욕하는 사이에 살그머니 그녀의 방 앞에 상자를 놓았다. 아무리 사양밖에 모르는 그녀라고 해도 방 앞에 놓여있는 건 받을 수밖에 없으리라.

알아차린 미요가 무슨 말을 할지, 거실에서 차를 마시며 기다렸다.

그러자 목욕하고 나온 그녀가 방으로 향하는 기척이 났다가 얼마 지나지도 않아 거실로 얼굴을 내밀었다.

"나, 낭군님. 이거……."

뜨거운 물 속에 들어가 따끈해졌기 때문인지, 당황했기 때문인지. 유카타를 입은 미요는 뺨이 살짝 상기되어 있었다.

"얌전히 받아."

"낭군님께서, 두고 가신 건가요?"

미요는 상자의 뚜껑을 열고 쭈뼛거리듯이 안을 살펴보았다.

상자 안에 들어있는 건 빗이다.

섬세한 꽃무늬가 새겨진 회양목으로 만든 빗. 일반적인 감각으로 말하자면 저렴하지는 않은 물건이지만, 머리카락은 역시 빗이 얼마나 좋은지에 따라 달라진다.

지금 미요에게 선물한다면 이것밖에 없다고 생각했다. 물론 실용적인 측면에서다.

"글쎄다."

문제는 남자가 여자에게 빗을 선물한다는 행위에 구혼의 의미가 있다는 것. 그래서 처음 주는 선물로는 적합하지 않다.

따라서 오해를 회피하기 위해 이런 식으로 몰래 전달하게 되었다.

"이런 값진 것은 받을 수 없습니다."

"신경 쓸 필요는 없지 않나."

"하지만."

"신경 쓰지 마."

"어, 그…… 낭군님께서, 두고 가신 거죠……?"

"…………."

"낭군님?"

"기, 깊게 생각하지 말고 그냥 쓰면 되지 않나."

의미 없는 문답을 반복한 뒤 힐끔 미요 쪽을 살펴보고——키요카의 눈이 저도 모르게 휘둥그레졌다.

"그럼…… 네. 그리하겠습니다. 감사합니다, 낭군님."

미요가 희미하게, 아주 미미하게, 웃고 있었다.

꽃봉오리가 벌어지듯이. 얼음이 녹아내리듯이. 무구하고 아름다운 미소.

"소중히 사용하겠습니다."

"그렇게 해."

입술도, 목소리도 떨렸다.

이 감정은 뭐라고 하는 거지.

감동, 일까. 아니면 흥분? 환희? 이름을 붙이기 어려울 정도로 온갖 것들이 뒤섞여 있었지만.

굳이 말하자면, 사랑스러움이었다.

미요와 둘이서 외출한 날로부터 며칠이 지났다.

이미 정해진 근무시간이 지난 시각, 키요카는 대이특무소대의 주둔소 안에 있는 대장실에서 홀로 어떠한 서류를 바라보고 있었다.

오늘 믿을 수 있는 아는 정보상에게 이번에 부탁했던 것을 받았다.

――사이모리 미요에 대한 조서(調書).

키요카는 정보상에게 가능하다면 사이모리가 내부의 자세한 정보를 원한다고 의뢰했다. 그 때문에 조사에 조금 시간이 걸렸다.

사이모리가의 사용인이나 사용인이었던 자에게 이야기를 들으려고 해도 그들은 다들 입이 무거웠다고 한다.

『흔하다면 흔한 이야기지만요.』

정보상은 뺨을 긁적이면서 눈썹을 팔자로 휘고 그렇게 말했다.

미요의 친어머니가 죽고 새어머니가 왔는데, 심지어 그 딸이 유능했기 때문에 미요를 멸시하고 학대했다.

간단하게 말하자면 이런 이야기이니, 확실히 흔하다.

더불어 이능을 계승하는 가문에서는 재능이 있는 자와 없는 자의 대우 차이가 한층 현저하게 두드러진다.

이능이 제일. 이능이 없다면 의미가 없다. 그런 사고방

식의 가문이 대부분이기 때문이다.

조서에 적혀있는, 정보상이 알아낸 사이모리가의 내부 사정은 처참했다.

『어머니의, 유품 중에 비슷한 색의 기모노가 있어서…… 아니, 이제는 없지만요.』

미요가 했던 말을 떠올렸다.

유품을 빼앗기고 버려졌을 때, 그녀는 어떤 기분이었을까. 자신을 학대하는 새어머니와 이복동생, 못 본 척하는 아버지, 방관하는 사용인 사이에 둘러싸여 외톨이였던 그녀는.

어쩐지, 요리에 세탁에 청소에 재봉까지 뭐든 다 솔선해서 하더라니. 그녀는 사이모리가의 딸이지만 딸이 아니었다. 하녀처럼 부려 먹히고, 식사마저 배부르게 주어지지 않았다.

그 말라빠진 몸도 너덜너덜하게 낡은 옷도 제대로 웃지도 못하는 것도.

전부 그녀의 가족이 원인이었다.

서류를 든 손에 힘이 들어가 종이가 콰직 구겨졌다.

그녀 한 명에게 부담을 떠넘긴 인간들에게 분노가 들끓었다.

그리고 키요카 본인도 미요에게 상당히 매정한 말을 던

지고 말았다. 몰랐다고는 하나 아무리 후회해도 부족할 정도다.

'하지만 이로서 알겠군.'

미요에게는 이능이 없다. 견귀의 재능조차도. 따라서 아마도, 그녀는 키요카와 결혼이 성립되지 않는다고 생각하고 있을 터이다.

그래서 지나치게 사양한다. 언젠가는 나갈 생각인 거다.

하지만 키요카에게 이능의 유무 같은 건 아무래도 상관없었다. 지금까지 혼담이 있던 상대도 전부 이능력자였던 건 아니다. 유복한 상가의 딸이나, 정치가의 딸과도 혼담이 있었다.

키요카에게 혼담을 가져오는 건 선대── 즉, 그의 아버지이므로, 가문에서 결혼 상대가 이능을 지닌 여성이 아니면 반대하는 것도 아니다.

무엇보다 중요한 건 그저 그곳에 있어 주는 것이다. 지위나 재산을 노리는 게 아닌, 그저 아내로서 그 집에 있어 주는 여성을 키요카는 원하고 있으며 미요는 그걸 이뤄준다. 그러니 떠나보내는 건 생각하지 않았다.

그리고 마음에 걸리는 건 더 있다.

미요의 어머니의 본가는── 그 우스바가.

쿠도가나 사이모리가처럼 이능을 계승하는 가문은 오

랜 옛날부터 신하로서 황제를 모셨다.

보통 사람은 볼 수 없는 이형을 토벌하기 위해 이능은 필수 불가결하다. 그 외에도 나라의 평온을 지키기 위해서, 전쟁을 억제하기 위해서 등 어느 시대에도 그 힘은 중요시되었다.

이능에는 다양한 힘이 있다. 생각만으로도 물건을 움직이는 힘. 아무것도 없는 곳에서 불을 피우고, 물이나 바람을 뜻대로 조종하는 힘. 순식간에 떨어진 장소로 이동하는 힘. 허공을 걷거나 두꺼운 벽으로 가로막힌 건너편을 꿰뚫어 보는 힘…….

이능력자 중에는 이러한 힘 여러 개를 동시에 지닌 자도 드물지 않다.

하지만 우스바가의 이능은 이런 것들과 비교할 수 없다. 특출나게 이질적이며, 위험하다.

그 가문이 계승하는 이능은 전부 타인의 마음에 간섭한다.

기억을 조작하거나, 꿈에 들어가거나, 생각을 읽는 건 그나마 위험도가 낮은 편이다. 개중에는 상대의 자아를 없애서 괴뢰로 만들거나, 환각을 보여줘서 착란을 일으키는 능력도 있었다.

우스바가는 자신들의 이능이 얼마나 위험한지 충분히

이해하고 있었다. 사용하기에 따라서는 어떠한 공격적인 이능보다도 나라에 해가 될 수 있음을.

따라서 언제부터인지는 모르지만, 그들은 결코 겉 무대에 나서지 않고 몰래 숨어서 지내고 있다.

독특한 규율에 따라 자신들의 행동을 속박하고, 이능에 대한 정보가 새어나가는 걸 경계하고, 그 피를 좀처럼 외부로 내보내지 않는다. 누군가에게 이용당하는 일이 없도록 때로는 황제의 명령조차 거부하기도 한다고 들었다.

이 우스바 스미라는 여성이 사이모리가에 시집간 것은 지극히 예외적인 사건으로, 드문 일이라 할 수 있다. 그렇게 된 사정도 신경이 쓰였다.

“하아.”

무심코 한숨이 흘러나왔다.

솔직히 미요가 시집오는 것에 키요카는 아무런 손해가 없다. 오히려 이보다 더 바람직할 수 없다.

하지만 우스바가는 정체를 알 수 없어서 찜찜하다. 접촉해보려고 해도 쿠도가의 힘으로도 무척이나 어려우며, 그들이 어디에 있는지도 연락 수단조차도 모른다. 정보상에게 부탁해봤자 헛수고로 끝날 것이다.

“어떻게 해야 하나.”

서류를 내던지고 혼잣말을 흘렸지만, 묘안은 떠오르지 않았다.

어느새 이미 날이 저물고 있었다.

키요카는 돌아갈 준비를 한 뒤 야근하는 대원에게 인사한 후 주둔소에서 나왔다.

생각해 보면 최근에는 전보다 귀가 시간이 빨라진 것 같다. 이전에는 주둔소에서 잠을 자는 일도 많고, 해가 떠 있는 동안에 퇴근하는 게 더 드물었다.

그렇지만 지금은 현관에서 맞아주는 미요의 모습에 묘한 안도를 느끼고, 자연스레 그녀와 식사할 시간을 확보할 수 있도록 집에 돌아가고 있다.

'정말 나답지 않군.'

둘이 함께 외출한 그날 밤 이후로 이상하게 행동하는 자신의 마음을 완전히 주체하지 못하고 있다.

이러다 '스즈시마 가게'의 케이코가 말했던 상태가 현실이 될 것 같아 무시무시하다.

이, 가슴이 꽉 조여드는 자신답지 않은 감정에 따라 미요에게 뭐든 다 주고 싶어 하는 모습이 벌써 상상이 간다.

키요카는 여성을 대하는 게 거북하다.

어릴 때부터 많은 여성이 접근해서 신물이 났고, 요란

하고 사치를 좋아하고 짜증을 잘 내는 어머니가 아주 싫었다.

대학 시절에는 선배가 소양이니 하며 시키는 대로 몇 명과 교제 비슷한 것을 해 보았으나, 거북함이 더 커졌을 뿐이었다. 심지어 여성 사용인의, 지나치게 진한 분내나 교태 어린 목소리도 질색하는 형국이다.

물론 이제는 대외용 미소를 지으며 흘려 넘길 수 있지만, 유리에나 케이코처럼 전부터 알던 사이를 제외한 여성과는 최대한 거리를 두고 관심을 끌지 않도록 조심한다.

그렇지만 역시 본가는 여성 사용인이 많고, 늘 추파를 던져대기 때문에 마음이 편해질 새가 없어서 그 작은 집으로 이주했다.

그게 지금은 어떤지. 젊은 여성과 같이 사는 생활을 기꺼워하고 있다니, 몇 년 전의 자신에게 말해도 절대 믿지 않을 게 틀림없다.

피식 자조한 키요카는 문득 좋지 않은 기척을 느끼고 걸음을 멈췄다.

'뭔가 따라오고 있는데.'

등 뒤에서 느껴지는 시선. 여럿. 발소리도 숨소리도 들리지 않고, 까끌까끌한 기척만이 전해진다. 살아있는 인간이 아닌 모양이다.

'어디의 누구지? 나를 캐내려고 하는 어리석은 자는.'

인외의 무언가를 사역하고 있는 이상 어딘가의 이능력자라는 건 틀림없으나, 참으로 목숨 아까운 줄 모르는 자이다.

혹은 자신의 역량에 절대적인 자신이 있거나.

아직 주둔소의 부지 안이고 주위에 인기척은 없다. 이곳의 문지기는 견귀의 재능이 없으며 결계도 쳐 있지 않으니까 인외라면 마음껏 출입할 수 있다. 하지만 그건 여차할 때 사람들의 눈이 닿지 않는 곳을 전장으로 삼기 위한 함정이기도 하다.

"참나, 어리석게도."

키요카가 미약하게 손끝을 움직이자, 그늘 뒤에 있던 작은 것이 그들의 의사와는 달리 강한 힘에 의해 끌려 나왔다.

새인지 인간인지도 구분이 가지 않는 형태를 지닌, 손바닥 정도 크기의 작은 종이가 허공에 무수히 떠 있다.

하지만 그 모든 것이 지금은 자주적인 움직임을 봉쇄당하여 허공에 멈춰있다.

어디에서 보낸 건지 물어봤자 소용없다. 상대는 눈으로 부려지고 있을 뿐인, 고작 종잇조각에 불과하다.

"시시한 짓을 하는군."

지루한 듯 중얼거린 뒤 키요카가 발걸음을 돌리자 푸른 불꽃이 나타나더니 움직이지 못하는 식신들을 불태웠다.

몸에 깃든 복수의 능력을 동시에, 손쉽게 사용하는 기술이야말로 키요카가 당대 최고의 이능력자라 불리는 까닭이다.

'대단치 않은 상대이긴 했지만.'

정말로 어디의 누가 한 짓인지.

어쩐지 불길한 예감이 뇌리를 스쳐서, 키요카는 자동차에 올라타 귀로를 서둘렀다.

3장 낭군님께 드리는 선물

아침, 여느 때와 같이 키요카를 배웅한 미요는 빨래를 하기 위해 정원으로 향하는 유리에를 불러세웠다.

"무슨 일이신가요? 미요 님."

"저기, 유리에 씨에게 상담할 일이 좀."

"어머나."

무슨 상담이냐며 유리에가 생글생글 웃었다.

"미요 님께서 상담해주신다니, 기쁩니다."

심지어 아주 기뻐하는 반응이었다.

우선 거실로 돌아가 마주 보고 반듯하게 앉은 다음 이야기를 꺼냈다.

"실은 낭군님께 무언가 선물을 드리고 싶습니다."

"어머!"

그렇다. 미요는 지금 상당히 심각하게 고민하고 있었다.

키요카에게 상당히 값진 빚을 받은 뒤로 계속 고민했다.

빚만이 아니다. 그 후 손질을 위한 동백기름도 받은 데다, 평소 이 집에서 신세 지고 있는 것에 대한 보답도 아직이다.

말로 감사를 전하는 것도 당연히 중요하지만, 그것만이 아니라 마음을 형태로 전하고 싶었다.

하지만 뭘 선물해야 좋을지 도통 짐작이 가지 않았다. 애초에 미요가 준비할 수 있는 건 수준이 거기서 거기다. 값이 나가는 것도 귀한 것도 아닌 것을 선물했다가 폐가 되지는 않을까.

혼자 고민해도 답이 나오지 않아 유리에에게 상담하기로 결심했다.

"무엇을 선물해야 낭군님께서 기뻐해 주실까요……."

일단 예산이 없지는 않다.

사이모리가를 나올 때 아버지에게 받은 돈이 있다. 그리 많지 않기 때문에 여차할 때를 대비해 아껴두었다.

미요는 한숨을 삼키며 눈썹을 팔자로 휘었다.

"예산은 정말로 적어서……. 낭군님께 선물해드릴 수 있을 법한 걸 살 정도는 아닙니다."

"흐음, 그렇군요. 글쎄요. 모처럼 드리는 것이라면 도련님이 평소 사용하실 수 있는 게 좋겠지요."

"네."

"그럼 여기서는 역시 미요 님께서 직접 만든 물건이 좋을 것 같습니다."

"직접 만든……."

그건 미요도 생각했다. 사지 못한다면 만들 수밖에 없다고.

하지만 어릴 때부터 좋은 물건들 사이에서 자라서 눈이 높은 키요카에게 미요가 만든 것을 줘 봤자 볼품없다고 여기지는 않을지 걱정이다.

그렇게 생각한다면 그건 그거대로 어쩔 수 없지만, 가능하다면 기뻐했으면 좋겠다.

미요는 여기에 온 뒤로 계속 기쁜 일로 가득했으니까.

그렇게 설명하자 유리에의 미소가 한층 짙어졌다.

"미요 님께서는 정말 사려 깊으시네요. 괜찮습니다. 도련님은 그런 생각을 하시지 않습니다. 미요 님께서 만드신 물건이라면 뭐든 기뻐하실 거예요."

"그럴까요."

"네, 그럼요."

단호하게 긍정하는 말을 들으니 신기하게도 괜찮은 느낌이 들었다. 키요카를 키웠다고 해도 과언이 아닌 유리에가 이렇게까지 단정해서 말한다면 더욱더.

"제가 만들 수 있을 법한 것……."

"아, 그거라면!"

유리에는 다급히 어디론가 가더니, 돌아왔을 때는 한 권의 책을 들고 있었다.

"여기서 골라보시는 건 어떠신가요?"

받아들고 살피자 여학생용으로 나온, 일상생활에 쓸 수 있는 잡화를 만드는 법이 실린 책인 듯했다.

'확실히 이거라면 나도 만들 수 있을지도 몰라.'

팔랑팔랑 훑어보자 기모노의 자투리 천 등으로 간단히 만들 수 있는 것들이고, 시간도 그리 걸리지 않을 것 같았다.

모든 것을 털어놓기 전에 완성해서 선물해야만 하니까 너무 정교한 것을 만들려고 했다가 실패하는 건 피하고 싶다.

"좋은 것을 찾으시면 유리에에게도 가르쳐주시지요. 협력하겠습니다."

"네. 감사합니다."

책은 일단 방해가 되지 않는 곳에 내려놓았다.

오전 동안 유리에와 함께 집안일을 마치고 방에 틀어박힌 미요는 다시금 선물할만한 것을 조사하기 시작했다.

"멋지다……, 예뻐."

아름다운 삽화가 들어간 책장을 넘겼다. 화사한 잡화들을 만드는 방법이 이해하기 쉽게 그려져 있어서, 보기만 해도 가슴이 설레었다.

"주머니는 간단하네. 손수건도 괜찮을지도 몰라."

생각했던 것보다 종류가 풍부해서 여기저기 눈을 굴리며 책을 읽던 도중 어떤 항목에서 손이 멈췄다.

"이건……."

매듭 장식이다.

색색의 실을 엮어서 만드는 그것은 그림만 봐도 아름다워서 눈과 마음을 빼앗겼다. 여러 개의 섬세한 도안은 모두 키요카에게 잘 어울릴 것이라고 확신할 수 있었다.

이거라면 예산도 충분할 것 같고, 응용하기도 좋다.

'이게 딱이야.'

이 삽화처럼 잘 만들 수 있을지는 모르겠지만, 이미 다른 건 생각할 수 없었다.

유리에에게 보고하자 그녀도 그 삽화를 보며 대찬성이라고 고개를 끄덕였다.

장을 보러 갈 필요가 있기 때문에 키요카가 귀가한 뒤 조심스레 물었다.

"낭군님, 조만간 잠시 나갔다가 와도 괜찮겠습니까."

"……왜 그러지? 뭔가 부족한 것이라도 있나?"

어쩐지 키요카는 걱정하는 것 같았다. 지난번 외출 때 미요가 거리에 심히 익숙지 않아 했던 걸 떠올린 모양이다.

"네. 직접 골라서 사고 싶은 게 생겼습니다. ……안 될까요?"

"아니, 그런 건 아니지만. 혼자 가려고?"

"낮에 유리에 씨와 함께 가려고 합니다."

미요도 혼자 외출할 용기는 없기에, 낮에 미리 유리에에게 부탁해두었다. 그녀는 흔쾌히 승낙해주었다.

"위험하지는 않나."

"괜찮을, 겁니다."

미요는 어떻게든 설득하기 위해 고개를 끄덕끄덕 움직였다.

"……내가 같이 가면 안 되는 건가?"

여전히 미간에 깊이 주름이 파인 키요카. 걱정해주는 건 고맙지만, 당사자인 키요카가 알게 되는 건 민망한데다 바쁜 그에게 시간을 내게 할 수도 없다.

"그…… 네. 하지만, 괜찮습니다."

"그런가."

숨을 내쉰 키요카가 조금 아쉬워하는 것처럼 보인 건 분명 착각일 터이다.

"조심해서 다녀와라. 모르는 사람은 따라가지 말고."

"……압니다. 낭군님께서는 걱정이 과하세요."

어린아이도 아니니 아무리 미요라고 해도 그 정도는 안다.

저렴한 실을 사러 가는 것뿐이다. 시간이 오래 걸릴 리도 없고, 유리에도 있으니 그리 위험하지 않다.

외출하는 날이 기대된다. 실을 고르는 것도 처음이라 기대되고, 매듭을 엮는 것도.

키요카에게 주려는 건 머리끈으로 정해두었다. 매듭 장식을 엮어서 머리끈의 모양으로 만들어 선물한다. 머리카락이 긴 그에게는 딱 맞는 선물이 되리라.

유리에와 외출하는 날 아침, 진지한 표정의 키요카가 손바닥만 한 크기의 작은 주머니를 건넸다.

"이건……?"

"부적이다. 오늘 가져가도록 해."

"가, 감사합니다."

어딜 어떻게 봐도 신사에서 파는 평범한 부적이다.

고작 2, 3시간 나갔다 오는 일에 거창하다는 생각이 들면서도, 미요는 부적을 오비에 고이 넣어두었다.

"명심해. 절대 잊지 마. 한시도 떼어놓지 말고 갖고 있어."

"네."

"정말로 알고 있는 거지?"

"무, 물론입니다."

키요카가 걱정해주는 게 기뻐서 그만 얼굴이 풀어졌던 모양이다. 황급히 손을 들어 입을 가렸다.

"참나……."

눈썹을 찡그리며 휙 고개를 돌려버린 키요카는 미요에게 가방을 받은 뒤 그대로 출근했다.

❀ ❀ ❀

최근 집 안의 분위기가 나쁘다. 타츠이시 코우지는 여태까지 살면서 가장 우울한 생활을 보내고 있었다.

타츠이시가의 당주인 그의 아버지의 심기가 불편한 것이 가장 큰 원인이다.

요즘 서재 앞을 지나가면 거의 반드시 노성이나 물건이 부서지는 소리가 난다.

생각대로 일이 진행되지 않아서 성이 난 모양이지만, 본래 그렇게 격노하고 싶은 건 코우지 쪽이었다.

짜증을 내는 아버지를 보며 후계자인 주제에 '잘도 하시네'라는 말을 하며 저는 모르는 일이라는 태도인 형. 어머니는 완전히 방에 틀어박혀서 도움이 안 되고, 사용인도 아버지의 비위를 거슬리지 않도록 조심하기 때문에 더욱 저택의 분위기가 악화했다. 마음 편히 쉴 수 있는 순간이 없다.

코우지는 곧잘 온화한 사람이라는 평을 듣는다. 실제로 좀처럼 타인에게 분노를 향하는 일이 없다. 하지만 그런 격렬한 감정을 느끼지 않는 건 아니다.

"있지, 코우지 씨. 장 보러 갈 거니까 같이 가자."

——아아, 정말.

교태 어린 목소리로 다가오는 약혼자.

아버지 일도 화가 나지만, 이런 여자와 결혼해서 앞으로 몇십 년이나 함께 살아야 한다고 생각하니 속이 울렁거린다.

코우지는 어릴 때부터 미요를 좋아했다.

어른스럽고 다정하고, 가족의 가혹한 처사에도 견딜 만큼 강한, 그런 그녀의 빛에 매료되었다. 가끔 만나서 나약한, 울어버릴 듯한 표정을 짓는 그녀를 보면 자신이 지켜줘야 한다고 강하게 느꼈다.

그녀는 장녀이고 자신은 차남. 가문 간에도 교류가 있고, 장래에 결혼할 가능성은 낮지 않았다. 그랬는데.

뚜껑을 열어보니 코우지의 약혼자는 미요를 학대하던

카야로 정해지고, 미요는 가문에서 쫓겨나 손이 닿지 않는 곳에 가 버렸다.

더불어 당초 아버지의 예정으로는 미요를 형과 결혼시킬 생각이었다고 한다. 다들 그녀를 함부로 대하고 도구로밖에 보지 않는다.

그렇기에 코우지에게는 자신의 집안인 타츠이시가도, 미요를 홀대하다 버린 사이모리가도 사실은 원망스럽기 그지없었다.

"장? 그래, 알았어. 가자."

그래도 코우지는 약혼자에게 미소 지었다.

질척질척한 감정을 뱃속에 안고, 하지만 그런 기색은 조금도 드러내지 않은 채 호청년인 '타츠이시 코우지'로 행동한다.

이유는 단순하다. 만약 코우지가 카야와 약혼을 거부하고 미요를 선택하면. 분명 그 쓸데없이 자존심이 강한 카야나 어머니인 카노코의 칼끝이 미요를 향하리라. 그러다 미요의 몸에 무슨 일이 생긴다면 도저히 견딜 수 없다.

그렇기에 누구보다도 가까이서 사이모리가를 감시한다. 코우지의 소중한 사람에게 절대 해가 가지 않도록.

'미요를 지킬 수 있는 사람은 나밖에 없어.'

코우지는 자신 안의 결의를 한 번 더 확인한 뒤, 본심을 억누르고 카야의 곁에 섰다.

통행인이 많은, 다소 좁은 길을 혼자 떨어지지 않도록 조심하며 걸었다.

미요는 유리에와 예정대로 시가지에 나왔다. 지금 있는 장소는 모던한 건물이 잇달아 서 있는 중심가에서 조금 떨어진, 예전부터 이어진 가게가 모인 구역이다.

자동차를 타지 않아도 걸어서 30분 정도면 올 수 있는 거리로, 유리에에 맞춰서 천천히 걸어도 40분 정도면 도착했다. 목적지인 수공예품을 다루는 상점에는 유리에가 안내해주었다.

미요는 바느질을 하긴 하지만, 사용인 같은 대우를 받게 된 뒤로는 남들이 쓰고 남은 천이나 실밖에 써본 적이 없다. 이런 가게를 방문하는 건 처음이었다.

"와……. 대단해라."

다양한 색이나 무늬를 지닌 실과 옷감에 바늘과 가위 같은 도구도 즐비하게 늘어놓은 가게 안은 조용하고 차분한 분위기이면서도 눈이 즐거울 만큼 화려해서 마음이 설레었다.

군이 따지라면 잡화점에 가깝다. 나이가 지긋한 부인도 있고 즐겁게 물건을 살피는 여학생들도 있었다.

"자, 미요 님. 어떤 것으로 하시겠습니까?"

"으음, 글쎄요."

키요카가 좋아하는 색은 뭘까. 아니, 그보다는 그에게 어울리는 색을 골라야 할까.

'낭군님은 분명 너무 화려한 색은 좋아하지 않으실 거야.'

키요카의 그 옅은 색의 머리카락에는 진한 색의 머리끈이 어울린다. 노란색이나 밝은 빨강 등은 피하는 게 무난할 것이다.

군청색이나 남색은 어울릴 테지만 너무 어울려서 오히려 평범하다. 키요카는 평소 검은색의 머리끈을 사용하고 있으니 그것과 비슷한 분위기가 되고 만다.

"어떡하지, 고민되네……."

싱글싱글 웃는 유리에가 지켜보는 가운데 미요는 진지하게 고민했다.

하지만 고민하는 시간도 전혀 괴롭지 않았다. 특별하고 행복하다.

자신이 나서서 누군가를 위해 무언가를 한다니. 여태까지는 생각지도 못했다. 명령하는 일을 담담히 수행하고 부조리에 버틴다. 그것만이 미요의 삶이었다.

누군가가 기뻐하는 얼굴을 상상하며 무언가를 하는 일이 이렇게 즐거운 줄은 몰랐다.

설령 오래 이어지지 않는다고 해도 이런 행복한 시간을 맛보게 해 준 키요카에게는 그저 고마울 따름이었다.

실을 고르며 미요는 자연스럽게 미소 지었다.

한동안 고민하다가 간신히 고르고 나자 시계의 바늘이 상당히 많이 움직여 있었다. 지금 바로 집으로 돌아간다면 점심이 지난 시각에 도착하지 않을까.

계산을 마친 뒤 대금이 부족하지 않았다는 사실에 안도하며 두 사람은 상점에서 나왔다.

"좋은 색을 찾아내서 정말 다행입니다."

"네. 지금부터 엮는 게 기대됩니다."

만족스러운 색의 실을 찾아냈다.

어서 머리끈을 만들어 키요카에게 선물하고 싶다. 미요도 살 수 있을 만큼 저렴한 실인데다 초심자가 처음으로 만드는 선물이니까 받아봤자 기쁜 물건이 아닐지도 모른다.

하지만 그가 대체 어떤 표정으로 받을지 자꾸만 기대하며 심장이 바쁘게 뛰었다. 둥실둥실 꿈을 꾸는 듯한 기분으로 발걸음이 가벼워지고 조금이지만 체온도 올라간 느낌이었다.

"아, 그러고 보니!"

"유리에 씨?"

나란히 걷고 있던 유리에가 문득 멈춰 섰다.

"미요 님, 유리에는 소금을 사 올 테니까 여기서 잠시 기다려주세요."

"소금?"

미요도 '아, 그러고 보니' 하며 떠올렸다.

부엌에 소금이 얼마 남지 않았었다. 심지어 실수로 인해 한동안 새로 들어오지도 않는다고 하니, 그때까지 버틸 수 있을까 조금 불안한 상태였다.

다행히 바로 근처에서 살 수 있다고 하니 유리에가 생각해내서 다행이다.

"그리 오래 걸리지는 않을 겁니다."

"제가 다녀올까요?"

"아뇨, 미요 님께서는 여기서 기다려주세요."

이건 유리에의 일이니 양보하지 않겠다고 웃은 뒤 그녀는 가 버렸다.

잠시 망설인 뒤 역시 같이 가야 했던 게 아닌가 생각한 순간에는 이미 유리에의 모습이 보이지 않게 되었다.

미요는 길가에 세워진 가로등 옆에 방해가 되지 않도록 비켜섰다.

눈앞을 수많은 사람이 지나간다. 조금 전까지 설레던 마음이 혼자가 되자 갑자기 움츠러들었다.

'어쩐지 불안해…….'

오가는 사람들을 바라보고 있자 멈춰있는 자신이 우두커니 홀로 남겨진 것 같은 기분이 들어서, 또 다른 의미로 조마조마해졌다.

어서 유리에가 돌아왔으면 좋겠다는 마음에 그녀가 간 가게가 있는 방향을 살펴도 썩 잘 보이지 않아서 알 수 없었다. 포기하고 발치로 시선을 떨어트렸다.

──그때.

"어머나, 언니잖아?"

"……!"

오싹. 등을 타고 달리는 오한.

'설마.'

이 교태를 부리는 듯한 목소리를 미요가 잘못 들을 리가 없다. 사이모리 저택에 있을 때는 이 목소리가 들릴 때마다 몸이 굳었으니까.

아아, 어째서 이런 시가지까지 나오면 만날지도 모른다는 걸 더 일찍 눈치채지 못했던 걸까.

거리의 소음이 순식간에 멀어지고 핏기가 가셨다.

"카, 카야……."

돌아보자 가까운 곳에 코우지를 대동한 카야가 고운 미소를 지으며 서 있었다.

오랜만에 보는 이복동생은 역시나 무척 아름다웠다. 변함없이 화사한 외모와 살구색 바탕에 백합 무늬가 들어가 초여름다운 홑옷을 시원하게 걸친 모습. 고상한 몸짓은 한눈에 봐도 귀한 아가씨의 태가 나서 사람들의 시선을 끌어당긴다.

순수하고 더러움 같은 건 모르는 선녀 같은 미소는 지나가는 남성들의 눈을 족족 사로잡고 있었다.

하지만 그런 무구한 공주님의 입에서 튀어나오는 말에 독이 듬뿍 담겨있다는 건 미요가 가장 잘 알고 있다.

"후후, 설마 이런 곳에서 만나게 될 줄이야. 의외인걸. 언니가 아직 살아있다니 생각지도 못했으니까."

어딘가에서 객사했을 줄 알았지. 입매에는 부드러운 미소를 머금으며 눈동자에는 조롱의 빛이 반짝였다.

만약 카야의 목소리가 들리지 않았다면, 분명 아름다운 아가씨가 안색이 나쁜 가난한 여자를 염려하는 것처럼 보일 것이다.

카야의 외모는 완벽하고, 그 아름다운 얼굴과 달콤한 목소리에 다들 깜빡 속아 넘어가기 때문이다.

"아아, 하지만 변함없이 그런 볼품없는 모습으로 어슬

렁거리는 걸 보면 쿠도 님에게는 버려졌구나? 언니도 참 불쌍해라."

"그…… 건."

입 안이 바싹바싹 말라붙고 머리도 새하얘지는 바람에 반사적으로 말이 나오지 않았다.

"카야, 그만——."

카야 옆에 있던 코우지가 당황하며 몸을 내밀려고 했다.

"코우지 씨는 끼어들지 마."

카야는 웃는 얼굴로, 그러나 코우지 쪽을 쳐다보지도 않고 강한 어조로 쳐냈다. 그 표정은 다음엔 무슨 말을 해서 미요를 깎아내릴지 즐기는 것처럼 보이기도 했다.

이렇게 사람이 많이 오가는 장소에서는 쉽게 손을 올리지 못할 터.

그렇게 생각해도 미요는 오랫동안 각인된 공포로 몸이 움츠러들었다. 가만히 참으면서 버티는 것 말고는 대처법이 떠오르지 않았다.

"뭐, 어쩔 수 없지. 할 줄 아는 게 아무것도 없는 언니가 쿠도 님에게 걸맞을 리가 없잖아. 쫓겨났다고 해도 당연한 결과지. 목숨이 붙어있는 것만으로도 운이 좋은 게 아닐까?"

"…………."

"아니면 이미 죽는 게 낫다는 생각이 들 법한 일이라도 당했어? 나는 상상도 가지 않지만."

카야는 쿡쿡 사랑스럽게 웃었다. 오랜만에 이복언니를 괴롭힐 수 있어서 기분이 좋아진 모양이다. 보란 듯이 코우지에게 매달리더니, 고개를 숙이고 떨기만 하는 미요를 비웃었다.

"이제 됐잖아. 가자, 카야."

"코우지 씨는 끼어들지 말라고 했잖아. 언니, 만약 돈이 곤궁하다면 말해줘. 바닥에 엎드려서 필사적으로 애원한다면 생각해줄 수도 있어."

"……저, 저는."

무언가, 반박하고 싶다.

사이모리가에서는 미요가 카야에게 반론하는 건 허용되지 않았다. 하지만 이제 말해도 괜찮지 않나. 사이모리가는 미요를 내보냈다. 그리고 분명 다시는 돌아가지 못한다.

몇 년이나 부당하게 고통을 받아야만 했던, 쌓일 대로 쌓인 원한을 이 기회에 부딪쳐버리면 되지 않나. 그런 마음도 있는데.

도저히 카야에게 맞서는 말이 나오지 않는다.

"어머, 역시 또 침묵이야? 언니는 어디에 가도 변하질 않는구나.”

“죄, ……죄송, 합니다.”

변하지 못하는 자신에게 가장 실망한 것은 미요 본인이다.

키요카에게 사과하지 말라고 혼이 난 뒤로 조금씩 바뀌었다고 생각했다. 하지만 동생을 앞에 둔 것만으로도 몸이 떨리고 머리를 숙이고 있다.

무엇보다도 공포에 지배당하는 바람에 말을 듣지 않는다. 손이 새하얘질 만큼 세게 움켜쥐고, 시야가 서서히 일렁거렸다.

키요카와 유리에의 친절함을 겪으며 약해져 버린 마음의 벽이 당장에라도 무너져서 눈물이 넘칠 것 같았다.

‘하지만 여기서 울 수는 없어.’

카야에게 빈틈을 보일 수는 없다. 이렇게 약해진 모습을 드러내면 그녀를 기쁘게 해줄 뿐이다.

“미요 님.”

등 뒤에서 날아온 목소리에 흠칫 놀랐다. 돌아보자 소금을 사고 돌아온 유리에가 서 있었다.

“기다리셨습니다. 이쪽 분들은 누구시죠?”

“그, 그건.”

“안녕하세요. 당신은 언니의 동료분이시려나? 저는 사

이모리 미요의 동생 카야라고 합니다. 언니가 늘 신세 지고 있습니다."

고개를 갸우뚱 기울이는 유리에를 향해 카야는 선량하고 부드러운 미소를 지었다. 이 얼굴을 본 사람은 아무런 의심도 없이 카야를 착한 사람이라고 믿어버린다.

아아, 이제 유리에도 미요를 버리고 카야의 아군이 되어버리는 걸까. 어쩌면── 키요카도 언젠가는.

'싫어. 그것만은…… 절대로 싫어.'

어떻게 해야 잡아둘 수 있지?

아무리 필사적으로 머리를 굴려도 그런 방법은 떠오르지 않는다. 미요가 카야보다 우월한 부분은 하나도 없다. 누군가를 붙잡아 돌아보게 할 만큼의 무언가를 찾아낼 수 없었다.

하지만 어두운 구멍에 갇혀버린 듯했던 미요를 구원하는 손이 있었다.

무의식중에 위축되어 움츠러든 미요의 등에 유리에의 손이 살며시 닿았다.

"처음 뵙겠습니다, 유리에라고 합니다. 저 같은 사람이 미요 님의 동료라니 당치도 않은 말씀입니다. 미요 님께서는 제 주인님의 부인이 되실 귀한 분이시니까요."

등에서 느껴지는 손의 온기에 숨을 쉬는 게 조금 편해

졌다.

"부인, 이라고요?"

카야는 눈을 크게 뜨며 놀라워했다.

"네. 미요 님께서는 제가 모시는 쿠도 키요카 님의 미래의 부인이십니다."

"무슨……!"

유리에의 목소리는 여느 때보다 당당하고 흔들림이 없었다. 자랑스러움마저 느껴졌다. 그건 카야를 살짝 주눅들게 만들 정도로.

"어, 어머나. 쿠도 님께서는 언니 같은 사람이 아내여도 만족하시는 건가요? 무척 자상한 분이시네요. 아니면 단순히 흥미가 없으신 것뿐인가? 세간의 평판은 역시 믿을 수 없다니까요."

카야는 소매로 입가를 가리며 표정을 수습했다. 역시 저 가면은 그리 쉽게 벗겨지지 않는다.

유리에 앞에서 당당히 미요를 헐뜯을 생각은 들지 않은 모양이다.

"그럼 언니. 인사는 끝났으니 나는 이만."

얼굴만은 온화하게 후후후 웃으면서 코우지의 팔을 잡아당기고 걸어가 버렸다.

그제서야 미요는 억누르고 있던 숨을 내쉬었다. 간신히

굳어있던 몸에서 힘이 빠졌다.

"미요 님, 돌아가시죠."

"……네."

부드러운 말투로 재촉하는 유리에 쪽을 쳐다볼 수 없었다.

동생에게 실컷 폭언을 듣고, 심지어 반박하지도 못하고 그저 고개를 숙이기만 할 뿐인 한심한 자신의 모습을 유리에는 분명 목격했을 터이다.

키요카의 약혼자로서의 미요에게 불신을 느끼지 않았을까.

카야의 폭언들에 대해서는 새삼 생각할 것도 없다. 전부 다 뼈저리게 알던 사실이다. 반박하지 못한 건 속상하지만, 그렇다고 해서 계속 곱씹을 정도도 아니다.

하지만 유리에가 실망하는 건 무서웠다.

자신이 키요카의 아내에 어울리지 않다는 건 익히 알고 있었는데, 유리에나 그녀에게 이야기를 전해 들은 키요카에게서 걸맞지 않다는 말을 듣는 게 무섭다.

이미 키요카에게 줄 선물에 대해 고민하던 때의 그 설레고 구름 위를 걷는 듯한 기분은 땅바닥 밑으로 처박혔다.

'싫다. 이런 내가 너무 싫어.'

미요는 집까지 묵묵히 걸었다.

유리에도 무언가 알아차린 건지 말을 걸지 않았기에 둘 다 묵묵히 걸음을 옮겼다.

자신의 발끝만 쳐다보면서 떠들썩한 대로를 지나 제도에서 나와 시골길을 빠져나간다. 무거운 미요의 속내와는 대조적으로 햇살은 더울 정도로 쨍쨍하고 주위에 논밭밖에 없는 길은 무척 평화로웠다.

그렇게 집에 도착했을 때, 유리에가 그제야 입을 열었다.

"미요 님, 바로 점심을 먹도록 하죠."

"……아뇨, 저는 됐습니다."

"미요 님?"

"오늘은 같이 가 주셔서 감사합니다. 유리에 씨도 이제 쉬세요."

눈은 마주치지 못했다. 유리에의 눈동자에 어떤 빛이 떠 있을지 직접 보는 게 무서워서.

미요는 현관에 유리에를 두고 자신의 방으로 향했다. 후스마를 닫고 힘없이 주저앉아 멍하니 타타미를 쳐다보았다.

'……나는 정말로 글렀구나.'

어째서, 이렇게나. 이렇게나 온갖 것들을 못 하는 걸까. 다른 사람들보다, 이복동생보다 열등한 구석밖에 없는 걸까.

자신이 참을 수 없이 한심해서 어떤 표정으로 지내야 하는지 알 수 없었다.

❀ ❀ ❀

마침 미요가 집에 도착한 시각. 키요카는 그녀의 본가인 사이모리가에 와 있었다.

미요가 외출한다고 듣고 걱정이 되긴 했으나, 우선 유리에에게 맡기고 키요카 본인은 사이모리가와 대담하기 위해 일을 쉬고 이렇게 걸음했다.

사이모리가는 제도의 한 구석, 유복한 가문의 저택이 즐비한 구역에서도 눈에 띄게 큰 저택을 지니고 있다.

키요카의 본가인 쿠도가의 본저택은 선대가 세운 서양풍의 건물이지만, 사이모리가는 순수한 전통 가옥. 아마도 황제가 시대의 변화에 따라 옛 수도에서 지금의 제도로 거처를 옮길 때는 이미 여기에 세워져 있었을 저택은 연식이 있긴 했으나 고상함이 느껴졌다.

——물론, 외관과는 달리 안에 있는 사람들은 썩어빠졌지만.

이미 문 앞에는 사용인이 기다리고 있었다. 사용인은

묘하게 공손한 태도로 키요카를 안으로 들여보냈다.
"기다리고 있었습니다, 쿠도 님."

현관에서는 사이모리가의 당주 사이모리 신이치가 직접 마중을 나왔다.

표정에서도 태도에서도 노골적으로 아첨하는 기색은 보이지 않지만, 그게 비위를 맞추기 위한 행동이라는 건 명백하다.

'성대한 환영이다만.'

알고 있는 걸까. 키요카가 자신들이 오랫동안 학대해온 딸의 약혼자임을.

이제 와서 키요카와 좋은 관계를 구축할 생각이라면 이보다 더 우스운 일도 없다.

이미 오래전에 이 집안사람들에 대한 평가는 땅에 추락했다.

그들에게 미요의 존재는 키요카를 포함한 모든 이가 당연히 멸시하는 대상이라는 인식인 건지도 모른다. 혹은 깔끔하게 쫓아낸 것에 만족해서 완전히 잊어버렸을 가능성도 있다.

어느 쪽이든 구역질이 날 정도로 속이 메슥거린다.

"……갑작스러운 방문임에도 환영에 감사하지."

긴장을 풀면 폭발해버릴 것 같은 부정적인 감정을 간신

히 밀어 넣고 표정을 가다듬었다. 아무리 그래도 친근하게 대할 수는 없다.

"이쪽이야말로 쿠도 님께서 일부러 와 주셔서 영광입니다. 자, 안으로 들어오십시오."

신이치의 재촉에 키요카는 복도를 걸어갔다.

그때 스쳐 지나간 그의 아내, 카노코가 힐끗 시야에 들어왔다.

남편의 대각선 뒤에서 우아하게 행동하는 모습에서는 그리 많은 것을 읽어낼 수 없었다. 하지만 정숙한 아내의 탈을 뒤집어 써놓고 실제로는 미요에게 악독한 짓을 했다고 생각하면 불쾌함이 더욱 커졌다.

응접실로 안내받아 마주 보고 앉았다. 손질이 잘 된 안뜰에는 키가 작은 소나무 등이 심겨 있어 차분한 푸른빛이 눈에 들어왔다.

먼저 입을 연 사람은 신이치 쪽이었다.

"헌데, 쿠도 님. 오늘은 무슨 용건으로 오셨습니까?"

"……당신들의 딸인 미요에 대해서다."

시선을 똑바로 맞추고 입을 열자 신이치는 살짝 어깨를 들어 올리고 눈썹을 찡그렸다.

"그 아이가 무슨 일이라도?"

'무슨 일이냐고?'

이렇게 황당한 질문이 있을까. 신이치는 자신들이 비난받으리라고는 꿈에도 생각지 못한 듯한 얼굴이었다.

"나는 그녀와 정식으로 약혼하여 장래엔 결혼할 생각이다."

"……그렇습니까."

다소 묘한 침묵이 있긴 했으나, 신이치는 동요하지 않고 고개를 끄덕였다.

하지만 옆에 있던 카노코는 눈을 크게 뜨고는 숨을 삼킨 것처럼 보였다.

"따라서 우리 가문과 이 가문의 관계를 확실하게 해 두는 게 좋다고 본다."

"흐음. 관계 말씀입니까?"

"본래대로라면 우리 같은 인간의 결혼은 그에 맞는 이해관계에 따라 성립하지. 하지만 나는 이 결혼으로 당신들 쪽에 무언가를 환원하는 것에 조금 거부감이 있다."

빙빙 둘러 가는 말투가 되고 말았지만 어쩔 수 없다.

차마 확실하게 말할 수도 없다. 너희들에게 이득이나 혜택을 줄 수 있을 리 없지 않으냐고는.

"그건, 무슨 의미입니까?"

"모르는 건가?"

키요카의 시선이 점점 날카로워졌다.

신이치의 눈이 좌우로 아주 조금 흔들렸다.

"이 혼담으로 우리 가문에 돌아올 것이 없다는 말씀입니까? 하지만——."

반박하려는 그를 한쪽 손을 들어 제지했다.

본래대로라면 이대로 미요에게도 알리지 않고 연을 끊게 하고 싶었다. 앞으로 일절 그녀에게, 그리고 그녀가 시집오는 쿠도가에 엮이지 말라고 서약서라도 쓰게 해서.

하지만 그래서는 앞으로의 미요를 구할 수 있어도, 과거의 미요는 보답받지 못한다.

그리고 아마도 앞으로 계속 미요가 이 집에서 있었던 일에 사로잡히는 원인이 된다. 그러니.

"조건이 있다."

"…………."

"만약 당신들이 미요를 마주 보고 진심으로 사죄한다면 납폐(納幣) 정도는 넉넉히 마련하지."

신이치가 표정을 바꾸지 않은 채 주먹을 꽉 움켜쥐는 게 보였다. 카노코 쪽은 이를 갈고 싶기라도 한 듯 진심으로 마음에 들지 않는다는 표정이다.

조사한 바에 따르면 사이모리가는 이능을 계승하는 가문으로서는 앞으로 내리막길이 기다리고 있다.

가문을 지탱해가야 할 카야는 견귀의 재능은 있으나 그리 강력하지 않다. 앞으로 카야의 아이가 어지간히 강한 이능을 지니고 태어나지 않는 한 황제가 명하는 역할을 완수하기는 어려워질 것이다.

지위나 재산은 여태까지 축적해온 것으로 어떻게든 급격한 하락세는 면하고 있으나, 이대로는 하향세밖에 없다. 교류가 있는 타츠이시가 또한 비슷한 위기에 직면했으니 도움을 받을 수도 없다.

앞날을 생각하면 돈이든 뭐든 받을 수 있다면 받고 싶다는 게 신이치의 속내일 것이다.

“사죄, 라니.”

“하고 싶지 않다면 억지로 시킬 생각은 없다. 이로서 연을 끊을 뿐. 단, 당신들이 미요에게 어떤 짓을 했는지 이쪽은 거의 다 알고 있다는 걸 기억해두도록 해.”

카노코가 ‘여보……’ 하며 매달리듯이 신이치를 보았다.

‘자업자득이지.’

피가 섞이지 않은 부모자식이라고 해도 잘 지내는 사람도 많다.

이 집안의 사람들도 아이에게 죄는 없다고 선을 긋고, 양호한 관계를 구축할 수 있었을 터이다. 자신들의 울분을 토해내는 배출구로 대하며 미요의 인생을 망가트린 죄는 무겁다. 이제 와서 수습하려고 해봤자 어떻게 되는 일이 아니다.

키요카가 물끄러미 지켜보는 가운데, 신이치는 눈을 질끈 감았다. 그 이마에는 땀이 맺혀 있었다. 이윽고 신음하듯이 입을 열었다.

“잠시, 생각할 시간을 주십시오.”

그게 신이치가 내놓은 대답이었다.

“알았다. 하지만 오래는 기다릴 수 없어.”

“……네.”

키요카는 더는 언짢은 기색을 숨기지 않고 일어났다.

성이 난 건지 어깨를 떠는 신이치는 키요카를 배웅하러 나오지 않았다.

사이모리 카야가 시가지에서 즐겁게 이것저것 물건을 사들이고 저택에 돌아와 문을 넘어서자 묘한 긴장감이 감돌고 있었다.

“손님이 오셨나.”

아무래도 손님이 온 것 같은데, 솔직히 귀찮았다.

지금 카야는 다소 날이 서 있었다.

시가지에서 재회한 이복언니. 딱히 그녀를 만나는 건 싫지 않다. 만나서 빈정거리고 나면 속이 개운해지니까.

하지만 조금 전 일을 떠올리고 카야는 얼굴을 찌푸렸다. 자신의 약혼자인 코우지는 이복언니를 감싸려고 들지 않나, 그 이복언니는 아직 쿠도가에 머무르고 있지 않나. 이보다 더 못마땅할 수가 없었다.

그 옷차림으로 보아 이복언니는 아직 쫓겨나지 않았을 뿐, 분명 제대로 대우받지 못하고 방치당하고 있는 거겠지.

그렇게 자신을 타이르며 분을 가라앉히려고 해도 너무 짜증이 났다.

"카야, 조금 진정하고——."

"뭐야. 코우지 씨, 당신은 어차피 언니의 아군이잖아. 됐어. 일부러 친절하게 굴지 않아도 돼."

옆에서 같이 걷는 코우지 쪽에서 고개를 돌린 카야가 입술을 삐죽였다.

코우지는 말없이 어깨를 으쓱했다.

'왜 입을 다무는 거야! 여기서는 『그렇지 않아』 하고 부정해야지!'

머리라도 쓰다듬으면서 달래준다면 용서해줄 수 있는데. 역시 이렇게 세심하지 못한 코우지와의 결혼은 재고하는 게 좋을지도 모르겠다.

내심 투덜대고 있었더니 그 약혼자가 '앗' 하는 소리를 냈다.

"뭔데…… 어라? 저분이 손님이신가?"

카야와 코우지가 현관에 발을 들여놓은 그때, 마침 응접실에서 키가 큰 남성이 나오는 게 보였다.

군복을 입었다. 젊은 얼굴이지만 휘장을 보면 상당히 지위가 높아 보인다.

실례가 되지 않도록 가볍게 인사했다. 스쳐 지나갈 때 문득 시선을 올리자, 남성의 시선과 한순간 마주쳤다.

'어쩜 이렇게 아름답지.'

가늘게 내리뜬 눈은 날카롭고 싸늘해서 화살에 꿰이기라도 한 듯 몸이 움츠러들었지만, 소름이 끼칠 정도로 대단한 미모였다.

호리호리하고 우아한 자태지만 연약해 보이진 않는다. 그가 내딛는 걸음 하나하나가 세련되어서 눈을 뗄 수 없다.

카야는 남성의 긴 머리카락이 흔들리는 등을 멍하니 바라보았다.

키요카가 사이모리가의 저택에서 나와 직장에 들른 뒤 귀가하자, 어째서인지 유리에가 아직 있었다. 여느 때라면 이미 돌아갔을 시각이다.

유리에 옆에는 미요도 있었——지만, 아무래도 상태가 이상하다.

"다녀오셨습니까, 낭군님."

"도련님, 잘 돌아오셨습니다."

역시 미요는 어딘가 넋이 나간 듯했고, 그런 그녀에게 유리에가 무언가 할 말이 있는 듯한 시선을 보내고 있다.

두 사람 사이에는 어색한 분위기가 흐르고 있었다.

"다녀왔어. ……무슨 일이지?"

"그것이——."

"아뇨."

유리에가 말하려는 걸 미요가 가로막듯이 부정했다.

"죄송합니다. 아무 일도 아닙니다."

"미요 님."

유리에가 질책하듯 이름을 부르고 키요카는 눈썹을 찌푸렸다.

미요와 시선이 마주치지 않는다. 최근에는 고개를 들고 있는 일이 많아졌고, 대화할 때도 곧잘 눈이 마주쳤는데. 마치 처음 왔을 때로 돌아간 것 같다.

"무슨 일 있었나?"

"정말로 아무 일도 없었습니다. 실례합니다."

평소였다면 이대로 둘이 함께 저녁을 먹을 텐데, 미요

는 가볍게 머리를 숙인 뒤 자신의 방에 틀어박히고 말았다.

'이건…… 무슨 일이 있었군.'

남겨진 유리에 쪽을 살피자 유리에는 슬픈 듯 고개를 푹 떨어트렸다.

"도련님, 죄송합니다. 유리에가 있었는데도……."

"혹시 외출했을 때 무슨 일이 있었어?"

"네……."

볼일은 잘 끝났다. 하지만 유리에가 잠시 떨어져 있는 사이에 미요가 이복동생과 만났다. 그 이복동생의 태도가 과하게 고압적이었다.

유리에가 말하는 내용에 키요카는 무심코 혀를 차고 싶어졌다.

설마 자신이 사이모리가와 대담하는 사이에 그런 일이 일어났을 줄이야.

사이모리 저택에서 카야와 스쳐 지나갈 때 뭐라고 말을 해 줄 걸 그랬다. 이래서는 완전히 본말전도다.

"그래서 미요 님께서는 도련님이 돌아오기 직전까지 지금처럼 방에 틀어박히셨습니다. 유리에는 너무 걱정이 되어서 차마 돌아갈 수 없었다니까요."

키요카는 아직 유리에에게 미요가 사이모리가에서 어

떻게 살아왔는지 말하지 않았다.

딱히 유리에에게는 비밀로 하려던 건 아니다. 유리에는 미요와 함께 있는 시간이 많으니, 당연히 말해서 힘이 되어달라고 할 생각이었지만, 설마.

키요카는 자신이 늦었다는 걸 깨달았다. ――그리고 무력함을 실감했다.

'나도 아직 멀었군.'

이럴 때 어떤 말을 걸고 어떻게 도움을 줘야 하는지도 모른다.

지금까지 몇 번이나 혼담을 없애왔으나, 어쩌면 사실은 키요카 본인이 결혼에 적합한 사람이 아닐지도 모른다. 이럴 때 망설이기만 할 뿐 아무것도 못하니 차갑다는 말을 듣는 것일지도.

하지만 만약 그렇다고 해도 미요를 지키고 싶다.

빗을 선물했을 때와 같은 그 무구한 미소를 보고 싶으니까.

"어떻게 해야 자신감을 갖게 될까."

툭 중얼거린 키요카의 말에 유리에는 별것 아니라는 양 웃었다.

"뻔하지요, 도련님. 저런 분은 사랑을 받으면 자신감이 생깁니다. 그러니 도련님이 지금보다 더 알기 쉽게 사랑을 보여주시고 아껴드리시면 분명 미요 님도 마음이 든든하실 겁니다."

"…………."

'사랑이라.'

과연 키요카가 미요에게 느끼는 감정이 그렇게 부르는 종류일까. 스스로도 모른다.

다만 앞으로 어떻게 하고 싶은지, 키요카의 생각을 전할 수는 있다.

"그래서 기운이 난다면."

얼마든지 말해야지.

시간이 늦었으니 자동차로 유리에를 바래다주고 돌아온 키요카는 미요의 방 앞에 섰다.

"나다. 잠시 괜찮을까?"

말을 걸자 후스마가 살짝 열리더니 틈새로 미요의 모습이 보였다.

"죄송합니다, 낭군님. 아주 잠깐이라도 괜찮습니다. 저를 내버려 두실 수 있을까요."

키요카의 예상과 달리 그녀의 목소리는 차분했다. 떨지도 않고, 울먹이지도 않는다. 조용하고 침착했다.

하지만 평소보다 낮은 음색에서 미요의 기분이 가라앉아있다는 걸 바로 알 수 있었다.

"잠시 이야기를 들어주었으면 하는데. 그것도 안 될까?"
"죄송합니다."
고개를 숙인 미요의 표정은 보이지 않는다.
하지만 그녀가 사죄를 입에 담으면서도 이렇게까지 확실한 의사를 드러내는 건 드문 일이다.
키요카는 완고하게 거부하는 작은 머리를 내려다보며 숨을 내쉬었다. 상처받은 사람에게 무리를 강요하는 건 금물이다.
"그래. 그렇다면 어쩔 수 없지."
"집안일은 제대로 하겠습니다."
"……신경 쓰지 마."
미요는 폐를 끼친다며 가볍게 머리를 숙였다.
"한 마디, 해두겠는데."
후스마를 닫으려던 손이 멈췄다.
"네가 고민하고 끌어안고 있는 건 조만간 신경 쓰지 않아도 좋아질 거다. 그러니 너무 심각하게 생각하지 마."
타고난 이능의 유무는 바꿀 수 없을지도 모른다. 그래도 그 외의 것이라면 나중에 얼마든지 배울 수 있다.
미요가 자신은 안 된다고 단정 짓는 이유의 대부분은 지금부터라도 하나씩 해결할 수 있다. 이복동생이나 본가의 문제도. 그저 미요 본인의 결심 하나로 바꿀 수 있다.

키요카 쪽은 이미 마음을 정했으니까.

"나에게 무언가 하고 싶은 말이 생기면 언제든지 들을 테니까."

사실은 지금도 미요와 제대로 마주 보고 이야기하고 싶지만, 키요카는 꾹 참고 그 자리를 떠났다.

그녀가 만족할 때까지 조금 기다리는 게 좋을지도 모른다.

"……네."

조금 늦게 들린 대답은 역시 크지는 않았지만 약하지도 않았다.

키요카는 환복도 미루고 서재에 틀어박히더니 가볍게 한숨을 쉬고는 잠시 생각에 잠긴 후 편지지와 만년필을 잡았다.

어느새 꽃의 계절이 지나가고 청량한 신록이 눈에 띄게 되었다.

미요와 얼굴을 마주 보는 일이 극단적으로 줄어든 지 약 일주일. 키요카에게는 무척이나 무겁고 길게 느껴지는 나날이 이어지고 있다. 마중이나 배웅도 사라지고, 식사는 마련해주지만 함께 먹지는 않는다.

그녀의 모습을 거의 보지 못하는 생활은 무척이나 무미건조하게 느껴졌다. 집 안의 온기가 반쯤 줄어들어 버린 것 같다.

게다가 사이모리가에서도 아직 대답이 없으며 키요카를 감시하는 수상한 식신도 여전히 계속 오고 있다. 술자는 이미 짐작하고 있지만, 현재 직접적인 접점이 없어 목적이 불분명하기 때문에 어떻게 대처할지 생각하는 중이다.

기분이 가라앉기만 하는 가운데 키요카는 오늘도 출근했다.

"우울해 보이시네요."

대장실에서 서류 정리를 하며 말을 건 사람은 고도다.

입꼬리가 조금 히죽거리는 게 짜증 난다. 재미있어하는 티가 확 난다.

"제가 맞혀볼까요? 드물게, 아니, 처음으로 오래 가고 있는 약혼자 때문이죠? 아, 아직 정식 약혼은 아니었던가요?"

"…………."

"설마 대장님이 여성 문제로 이렇게 끙끙 앓으시다니 생각지도 못했다니까요~. 무슨 일이 일어날지 알 수 없는 법이네요."

"……시끄럽다."

"아아, 대장님이 마음에 들어 하는 여성분 다시 제대로 만나보고 싶어라."

"그만해라. 헛소리 하지 말고."

"히히!"

고도와 대화하면 맥이 풀린다. 정말 어처구니가 없다.

"고도. 알고 있는 거지? 내일 일."

키요카가 확인하자 이래 봬도 유능한 오른팔이 싱긋 웃었다.

"물론입죠. 내일 낮에 제도 중앙역이죠? 그 후에는 차를 타고 대장님의 자택으로. 보수는 잊지 말아주세요."

"그래. 아무쪼록 부탁한다."

"맡겨주시라."

최근 일을 쉬는 날도 많아졌다. 물론 상부에 요청해서 허가를 받고 쉬는 것이니 죄책감을 느낄 필요는 없으나, 고도의 부담은 확실하게 커졌기 때문에 키요카 본인의 사비로 임시 보수를 주기로 했다.

그렇다고 해도 대중용 술집에서 사흘간 무료로 뭐든 먹고 마실 수 있다는 저렴한 보수이다.

내일 미요가 어떤 표정을 지을지. 조금 무서운 것 같기도 하고, 하지만 무언가를 기대하게 되는 것 같기도 하고.

그저 기뻐해 주면 좋겠다고 바랐다.

미요는 가만히 책상 앞에 앉아있었다. 하지만 손은 느릿느릿하게 실을 엮고 있었다.

순서는 이미 외웠으니 하려고 마음을 먹는다면 더 빨리 손을 움직일 수도 있다. 그러나 아직 어디선가 마음의 준비가 되지 못한 자신이 있었기에, 이렇게 혼자 있는 시간을 길게 끌듯이 천천히 움직이게 된다.

이복동생에 대해 생각하는 게 싫었다.

자신은 쓸모없는 인간이라는 걸 실감하는 것에 신물이 났다.

——그래서 키요카에 대해 생각했다.

아름답고, 다정하고, 강한 낭군님. 무척 눈이 부셔서 가까이 다가갈 수 없다고 생각하는 한편, 그의 곁에 있으면 마음이 편안해져서 떨어지고 싶지 않다고 바라게 된다.

곁에 있고 싶다면 그렇게 말하면 된다. 그리고 그에 맞는 노력을 하면 된다. 이능이 없어도, 아내가 되지 못해도, 유리에처럼 사용인으로서라면 얼마든지 그를 도울 수 있다.

어쨌거나 이렇게 계속 뒤로 미루기만 해도 아무런 해결이 되지 않는다는 건 분명하다.

미요는 책상의 구석으로 힐끔 시선을 옮겼다.

그곳에는 이미 완성된 아름다운 머리끈이 놓여있다. 초심자가 만든 것치고는 제법 질이 좋아, 균일하게 엮인 매듭은 충분히 만족스러웠다.

그래—— 사실은 키요카에게 선물할 것은 이미 완성되었다.

지금은 남은 실로 다른 도안을 만들고 있을 뿐인, 단순한 시간 벌이다.

한숨이 흘러나왔다. 수면 부족으로 머리가 무거웠다.

이 집에 왔을 때부터 이어지는 악몽은 지금도 매일 밤마다 미요를 괴롭혔다. 그렇게 한밤중에 벌떡 일어나서 자기혐오에 빠지고, 불안해서 잠들지 못하게 된다.

"미요 님, 잠시 괜찮으십니까?"

또 한 번 한숨이 나오려고 한 그때, 유리에의 목소리가 들렸다.

시각은 낮. 최근 점심을 먹지 않았기에 이 시각에 유리에가 부를만한 이유로 짐작 가는 게 없었다.

"……유리에 씨?"

"미요 님께 손님이 왔습니다. 들여보내도 괜찮겠습니까?"

'손님?'

무심코 손을 멈추고 고개를 기울였다.

자신을 만나러 이 집에 올 만한 사람이 있던가.

본가의 사람은 아닐 것이다. 친구는 소학교에 다닐 때야 있었지만, 이미 연이 끊어졌다. 달리 아는 사람은 없고 애초에 미요가 이 집에 있다는 걸 아는 사람이 있을 것 같지도 않았다.

"들여보내 주세요."

하지만 일부러 찾아온 손님을 돌려보낼 수는 없었기에 미요는 그렇게 대답했다.

후스마를 미는 소리가 나서 돌아보았다. 그리고 제 눈을 의심했다.

"오랜만에 뵙습니다, 아가씨."

너무 몰라서 목소리가 나오지 않는다.

마지막으로 봤을 때보다 나이를 많이 먹은 것 같다. 하지만 틀림없이, 미요가 잘 아는 사람이었다.

"하, 하나……."

"네. ——많이 자라셨군요, 미요 아가씨."

하나는 조금 촉촉해진 눈으로 싱긋 웃었다.

서둘러 방석을 꺼내와 방에 자리를 만들었다. 막상 마

주 보고 앉아도 어딘가 긴장된 분위기가 감돌아서 시선을 이리저리 배회했다.

하나는 예전 그대로였다. 조금 말랐고, 하지만 처진 눈매가 온화하고 다정하다.

하지만 솔직히 놀라기만 했을 뿐 재회를 기뻐하는 건 아니었다. 그때, 광에 갇히는 끔찍한 기억과 함께 모습을 감췄던, 미요가 가장 신뢰하던 사용인. 태어났을 때부터 신세를 졌는데 이별은 너무나도 갑작스러웠다.

그로부터 벌써 몇 년이나 지났다.

그녀가 해고당한 직후엔 집 안에서 유일하게 믿을 수 있는 사람마저 잃었다는 공허함에 짓눌렸다. 자신 안에 당연하게 존재했던 소중한 부분이 갑자기 도려내진 것 같아서 살아갈 기력을 잃었다.

하지만 어느새 그런 공백에도 익숙해졌다. 재회할 일은 없다고 생각했기에, 다시 만나면 어떻게 하겠다는 것도 생각해본 적이 없었다.

도통 말이 돌아오지 않는 미요를 보다 못한 건지 하나가 입을 열었다.

"건강해 보이셔서 다행입니다. 아가씨."

"……그래, 그, 하나도."

목이 멘 목소리로나마 말을 돌려주었다.

그러고 보면 하나가 아직 해고당하기 전에는 미요도 그야말로 '아가씨'다운 말투를 썼다. 지금은 완전히 사용인의 말투가 정착되었으니 어떤 식으로 이야기해야 할지 망설였다.

"아가씨. 저 실은 결혼했답니다."

"그, 그래. 축하해."

"지금은 벌써 아이도 생겼죠. 남편은 제 친정이 있는 마을의 옆 마을 사람으로, 함께 밭일하며 살고 있지만…… 아무튼, 행복합니다."

싱긋 미소 짓는 하나의 얼굴은 잘 보니 옛날보다 햇볕에 그을렸고 흐릿하게 주름도 있었다. 본래 부드러워 보이는 얼굴이었으나 지금은 더 부드럽고 포용해주는 듯한 인상이 느껴졌다.

"아가씨께선 어떠십니까. 행복하십니까?"

미요는 흠칫 굳었다.

"나는."

이 집에 온 뒤의 일이 뇌리에 잇달아 떠올랐다가 사라지며—— 뭐라고 말해야 할지 알 수 없어서 침묵했다.

그러자 하나는 팔을 뻗어 미요의 무릎 위에 놓인 손에 제 손을 겹치고 살며시 붙잡았다.

옛날에도 곧잘 이렇게 손을 잡아주었다. 그 온기는 무

엇하나 바뀌지 않았다.

"아가씨. 저는 아가씨가 가장 괴로울 때 곁에 있지 못했습니다. 죄송합니다."

"하나……."

"솔직히 뵐 면목이 없다고 생각했습니다. 아무런 힘도 되어드리지 못했던 제가 이제 와서 만나 뵙다니요."

진심으로 속상한 듯 얼굴을 일그러트리는 하나.

"하지만 그래도 여기에 온 것은."

똑바로 날아오는 시선과 시선이 부딪쳤다.

"행복해지신 아가씨를 보고 싶었기 때문입니다. 저의 소중한 아가씨께서, 계속 고통스러워하셨던 아가씨께서 행복하게 웃는 모습을 보고 싶었습니다."

"……."

코끝이 시리다.

그래. 사용인 이하로 전락하여 '소중한 아가씨'라 불릴 자격을 잃어버린 모습을 하나에게 보여주고 싶지 않았다. 일찍 돌아가신 어머니 대신 한없는 온기를 준 하나를 슬프게 하고 싶지 않았으니까.

"하나. 하지만, 나는."

사이모리가에서 나오자 이번에는 쿠도가라며 절망했다.

하지만 혼담 상대는 키요카였고, 처음에는 무섭다고 느꼈으나 다정한 사람이었다. 이 집도 무척이나 아늑하고, 유리에도 좋은 사람이다.

사이모리가에 있을 때는 상상도 하지 못했을 만큼 지금의 미요는 행복을 느낀다. 하지만.

“나는, 이능이 없어. 견귀의 재능마저도.”

목소리가 떨렸다.

“그러니까 낭군님의 아내에 어울리지 않아. 계속 여기에 있으면, 안 돼.”

정면에 있는 하나의 얼굴이 흐릿해졌다. 당장에라도 눈물이 흘러내릴 것 같아 입술을 깨물었다.

새삼 입에 담아보자 무척이나 괴롭고 아프다. 여기에서 나가기 싫다. 달리 갈 곳이 없기 때문이 아니라.

“아가씨.”

이 이상 이야기하면 눈물을 참을 수 없게 될 것 같아 아무 말도 하지 못하게 된 미요를 하나가 염려하는 눈으로 바라보았다.

“……아가씨께선.”

잠시 침묵한 뒤, 하나가 툭 중얼거렸다.

“아가씨께선 제가 어떻게 여기에 왔는지 알고 계십니까?”

“어?”

"저는 해고당한 뒤로 한 번 더 고용해줄 수 없겠냐며 사이모리 저택에 여러 번 찾아갔습니다. 하지만 그건 받아들여지지 않았고, 그렇다면 어떻게든 아가씨에 대해 알고 싶어서 옛 동료들을 집요하게 찾아갔지만 다들 귀찮아하고, 상대해주지도 않아서……. 본가로 돌아가 부모님의 권유로 몇 년이나 전에 결혼했습니다. 그런 제가, 이제 사이모리가와도 제도와도 연이 없어진 제가 어째서 여기에 올 수 있었는지. 알고 계십니까?"

"……그건."

하나가 얼마나 미요를 아꼈는지는 안다. 하지만 마음만으로는 여기에 올 수 없다.

누군가가 하나에게 미요가 사이모리가에서 나오게 된 것이며 이 집에 있다는 걸 알려줬을 터이다.

"처음 편지를 받았을 때는 무슨 일이냐며 놀랐습니다. 구름 위의 존재셨으니까요. ——아가씨. 쿠도 님은 좋은 분이시네요."

그래. 당연하다. 일부러 하나를 찾아내서 여기에 데려올 수 있는 사람은.

"낭군님……."

결국 그 사람밖에 없다.

『네가 고민하고 끌어안고 있는 건 조만간 신경 쓰지 않아도 좋아질 거다. 그러니 너무 심각하게 생각하지 마.』

키요카는 미요에 대해 이미 다 조사를 마친 것이다. 하나에게 연락을 했을 정도니까. 그렇다면 그건 어떤 생각에서 나온 말이었을까——.

'여느 때의 나였다면 나에게 이능이 없다는 걸 안 낭군님이 혼담을 없었던 것으로 하겠다는 말이라고 이해했을 거야.'

하지만 미요는 이미 그의 됨됨이를 어느 정도 알고 있다.

군대에서는 어떤지 몰라도, 적어도 미요 앞에 있을 때의 키요카는 언제나 다정하다. 그러니 아마도 그가 하고 싶은 말은 그게 아니다.

"……하나, 나는 내 생각에만 매몰되었던 것뿐일까."

"아가씨."

"나는 카야와 달리 견귀의 재능이 없으니까…… 이능이 없으니까. 그래서 뭘 어떻게 하는 나에게는 가치가 없다고, 계속."

이능이 전부였다. 그것만 있다면 미요는 사이모리 가에서 좀 더 다른 대우를 받았을 터였고, 그래서 이능 없이 태어난 게 모든 원인이다.

그렇게 굳게 믿었던 부분이 있었던 건지도 모른다. 아니, 틀림없이 그랬다.

"낭군님께 털어놓는 게 무서웠어. 그래서 이 행복을 잃어버리는 게 싫었어. 진실을 알면 분명 나를 버릴 거라고, 의심하지도 않았어."

잘 생각해보면 그건 키요카를 미요의 부모와 마찬가지로 사람을 이능의 유무로만 판단하는 인간이라고 단정 짓는 행위다.

더 일찍 말해야 했다. 버려지기 위해서가 아니라, 그의 진의를 확인하기 위해서. 미요는 지금 이 순간까지 그 사실을 눈치채지 못했다.

"……나는."

책상 위에 시선을 주었다. 만들다 만 매듭 장식 옆에는 키요카에게 선물하기 위해 만든 머리끈이 있었다.

손을 세게 꽉 붙들리는 감각에 시선을 되돌리자 하나가 진지한 표정으로 미요를 바라보고 있었다.

"용기를 내시어요, 아가씨. 쿠도 님께서 기다리고 계십니다."

"……!"

"괜찮습니다. 아가씨라면. 게다가 어떤 결과가 나온다고 해도, 저는 이번에야말로 아가씨를 반드시 도와드릴 테니까요."

"고마워. 하나."

어린 소녀가 어머니에게 하듯이 미요는 하나의 품에 파고들었다.

그리움이 치밀어 오른다. 옛날에는 눈물이 나올 것 같을 때면 그걸 숨기기 위해 자주 이렇게 하나의 품에 들어가 얼굴을 묻었다. 천천히 머리를 쓰다듬어주는 손은 역시나 따뜻하다.

"나, 노력해, 볼게."

역시 키요카의 반응이 신경 쓰이고, 아직 미요의 마음속 무서움도 크다.

그래도 지금 용기를 내야 한다. 조금이라도 괜찮다. 그저 딱 한 걸음—— 이 방에서 나갈 수 있을 정도의 용기면 되니까.

살며시 팔을 놓고 떨어지자 직전보다 한결 눈앞에 밝아진 느낌이 들었다.

서둘러 머리끈을 쥐고 방에서 뛰쳐나왔다.

이 시각, 키요카는 일하러 가서 집을 비우고 있을 터이지만 그런 사소한 것은 머릿속에서 완전히 날려버린 미요는 아무런 의심도 없이 거실의 후스마를 열었다.

"낭군님!"

생각했던 것보다도 큰 목소리가 나왔다.

깜짝 놀란 듯 눈이 휘둥그레진 키요카가 고개를 들었

다. 긴 머리카락을 등 뒤로 적당히 늘어트린 편안한 차림의 그는 표정과 어우러져 조금 방심한 듯한 분위기다.

그 사실에 어쩐지 안도가 되었다.

"왜 그래. 갑자기."

키요카는 드물게도 자신감이 없는 듯 미요에게서 슬쩍 시선을 돌렸다.

단둘이 대화하는 걸 두려워했던 건 미요 쪽이었는데, 어째서인지 반대가 된 것처럼 보였다.

손 안의 머리끈을 움켜쥔 미요는 키요카의 바로 옆에 앉았다.

"……낭군님. 저는 계속 낭군님께 말씀드리지 못한 게 있습니다."

두근두근. 긴장해서 심장이 매섭게 뛰고 있다. 등에는 식은땀이 맺히고, 그를 똑바로 바라보는 게 어렵다.

하지만 여기까지 와서 도망칠 길은 없다.

아무리 도망치고 싶어도 앞으로 나아가야 한다.

하나의 말대로 키요카는 미요가 말하는 걸 가만히 기다리는 모양이었다.

"저…… 저는."

"…………."

"——저에게는 이능이 없습니다."

한 번 입에 담아버리자 그 후에는 참회하듯이 말이 연신 흘러넘쳤다. 결코 눈물은 흘리지 않도록 눈에 힘을 줬다.

“견귀의 재능조차 없습니다. 사이모리가에 태어나 이능력자인 양친의 피를 이어받았음에도 저는, 무능합니다.”

“…………”

“학교도 소학교까지만 나왔습니다. 본가에서는 계속 사용인으로서 일했습니다. 교양은 익히지 못했고, 명가의 영애다운 것도 무엇 하나 못합니다. 외모도 이렇고…….

그래서, 그래서 저는, 사실은 낭군님의 상대로 전혀 걸맞지 않습니다.”

결국 말하는 사이에 점점 고개가 내려가고 몸도 움츠러들었다. 마치 혼나는 어린아이처럼.

그래도 미요는 열심히 말을 이었다.

“낭군님께서 화내신다면 그건 당연합니다. 저는 얄팍한 속셈 때문에 이 사실을 일부러 묵비했습니다. 쫓겨나고, 싶지, 않아서…….”

울지 않으려고 해도 이미 눈물은 떨어지기 직전이었고 목소리도 푹 젖어버렸다.

“저는, 낭군님께서 죽으라고 하시면 죽겠습니다. 나가라고 하시면 나가겠습니다. 지금 당장이라도.”

“…………”

"이건, 사죄와 감사의 마음을 담아 제가 만들었습니다. 불필요하시다면 버리시든 태우시든 원하는 대로 하시면 됩니다."

들고 있던 머리끈을 타타미 위에 놓았다. 그리고 이 집에 왔던 날처럼 깊이 머리를 숙였다.

"지금까지 신세 졌습니다. 제가 말해야만 했던 건 이게 전부입니다. 낭군님. 낭군님의 판단을, 들려주시겠습니까."

대답은 곧바로 돌아오진 않았다.

잠시 흐르는 침묵. 키요카의 표정을 살필 수 없어, 미요는 무심코 눈을 질끈 감고 그 순간을 기다렸다.

"——언제까지, 그러고 있을 생각이지."

언젠가 들은 적이 있는 말.

흠칫 놀라 들어 올린 시선 끝에는 조금 장난기 어린 미소를 짓는 그의 얼굴이 있었다.

하지만 그게 보인 것은 아주 잠깐이고, 다음 순간에는 눈앞이 캄캄해졌다.

"네가 나가면 곤란하다. 조금 더 지나고 나면 정식으로 약혼할 생각이었으니까."

뒤통수에는 키요카의 커다란 손. 코를 희미하게 스치는 것은 그가 애용하는 향의 상큼한 향기.

미요는 자신의 머리가 끌어안기는 자세로 키요카의 가

슴 부근에 파묻혀있다는 걸 깨닫고, 심지어 '정식으로 약혼'이라는 충격적인 발언에 머릿속이 새하얘졌다.

"나, 나, 낭군님……."

"너는 싫은가? 나와 이대로 여기서 사는 건."

'그, 그런 게 아니라.'

다른 의미로 심장이 쿵쿵 시끄럽게 뛰고 있다. 긴장해서 창백해졌던 뺨은 증기라도 나올 듯이 뜨겁다.

혼자서 쩔쩔매고 있었더니 퍼뜩 정신을 차린 듯 숨을 삼키는 기척이 나더니 갑자기 손이 떨어졌다. 키요카를 올려다보자 귀가 조금 붉어져 있다.

"저, 저는."

너무 부끄러워서 혼란스럽다. 하지만 지금, 자신의 마음을 제대로 전하고 싶다. 그러기 위해 용기를 쥐어짜서 여기까지 왔다.

"저는, 여기에 있고 싶습니다. 낭군님께서 허락해주신다면."

"허락이고 뭐고."

키요카는 피식 웃었다.

"내가, 네가 여기에 있길 바란다. 다른 누구도 아니라."

"……!"

키요카는 미요를 필요하다고 해주었다. 모든 것을 다

알면서도.

기쁨으로 가슴이 벅차올라 또 눈물이 날 것 같았다. 여태까지 겪은 괴로움도 슬픔도 전부 이 순간으로 이어지기 위해 존재했다고 한다면 가치가 있다. 지금까지 잃어버린 많은 것들이 이 사람과 함께 있기 위한 대가였다해도 미요에겐 넘칠 정도다.

"미요."

이름을 부르는 목소리는 무척 부드럽고, 그것만으로도 미요를 행복하게 해주었다.

"이걸로 내 머리카락을 묶어주겠어?"

"네. ……기꺼이."

키요카가 머리끈을 집어 들고 미요에게 내밀었다. 그걸 받아든 미요는 무릎을 세워서 그의 등 뒤로 갔다.

고운 머리카락. 마치 비단실처럼 찰랑찰랑하고 매끄럽다. 무심코 부러워져서 한숨이 나올 정도로.

무척 귀하고 값진 보물을 만지는 듯한 기분이 들어 황송한 나머지 손이 떨렸다.

"돼, 됐습니다."

어떻게든 간단하게 느슨히 모아 머리끈을 묶었다. 머리끈이 키요카에게 보이도록 한 갈래로 묶은 머리카락을 어깨 앞으로 늘어트렸다.

직접 보니 미요가 만든 머리끈은 상상했던 것보다 더 키요카의 투명한 연갈색 머리카락과 잘 어울렸다.

——머리끈의 색은 보라색. 너무 화려하지도 않고 고상하여 키요카에게 딱 어울린다.

"예쁜 색이군."

키요카는 머리끈의 끄트머리를 슬쩍 잡아 올리며 입가에 희미한 미소를 머금었다.

'아아, 어쩌지. 심장이 너무 시끄러워…….'

이건 분명 두려움과는 다른 두근거림이다.

"고맙다. 소중히 쓰도록 하지."

"넷, 네."

그가 기뻐 보여서 말도 제대로 나오지 않았다. 지금의 미요는 가슴이 벅찼다. 이 집에 오길 잘했다고, 이 사람을 만나서 다행이라고 진심으로 만족했다.

뺨의 열기도 가시고 두 사람 사이에 평온한 분위기가 흐르기 시작했을 때, 하나가 '이제 그만 가 보겠습니다'라며 거실에 나타났다. 미요는 키요카, 유리에와 함께 그녀를 배웅하러 연관으로 나왔다.

참고로 미요와 키요카가 대화하는 동안 유리에가 하나와 함께 차를 마시며 미요의 화제로 이야기꽃을 피웠다고 한다. 여러모로 마음 쓰게 만들었다며 미요는 미안해했다.

"하나, 이제 가 버리는구나……."

"네. 하지만 오랜만에 제도에 왔으니 당분간 관광한 뒤에 돌아가려 합니다. 쿠도 님께서 좋은 숙소를 잡아주셨거든요."

세상에, 그랬구나.

키요카에게는 계속 신세만 지고 있어서 아무리 고맙다고 해도 부족하다. 아마도 신경 쓰지 말라는 말로 청산해 버릴 테지만.

하나가 여기에 올 때는 키요카의 부하인 고도가 자동차로 태워주었다고 하니, 나중에 무언가 감사를 표해야겠다며 내심 결의했다.

"아가씨, 또 만나주세요. 더 많은 이야기를 나누고 싶습니다."

"그래. 나도 또 만나고 싶어."

하나와는 이제 아가씨와 사용인의 관계가 아니다. 하지만 그렇기 때문에 만나서 함께 장을 보고 식사할 수도 있다. 언제든지.

"하나. 정말, 정말로 고마워. 나는 당신을 만나지 못했다면, 당신의 말이 없었다면 계속 방에 틀어박혀 있었을 거야."

"도움이 되어 영광입니다. 저도 성장해서 아름다워지신 아가씨를 만나고 대화해서 행복합니다."

두 손을 맞잡고 미소를 교환했다.

아쉬움에 손을 놓지 못하고 있었더니 불현듯 엔진 소리가 가까워지더니 부지 안으로 자동차가 한 대 들어왔다.

"왔나. ――고도, 미안하다."

"천만에요~. 원래부터 그렇게 약속했으니까요."

자동차의 창문으로 얼굴을 내민 사람은 고도였다. 그가 하나를 바래다주는 모양이었다.

미요는 전에 한 번 만난 뒤로 처음 보는 것이지만, 변함없이 넉살이 좋다. 군복을 입지 않았다면 도저히 소수정예의 대이특무소대 소속 군인으로 보이지 않는다.

"감시는?"

"일단 없었습니다. 오늘 일은 알려지지 않은 것 같아요."

작은 목소리로 오간 키요카와 고도의 대화는 미요와 유리에, 하나의 귀에는 들어가지 않았다.

이번에 키요카가 직접 자동차를 굴리지 못한 것은 예의 수상한 식신에게 하나의 존재가 알려져서 그녀가 휘말리는 일이 없도록 하기 위해서다. 다른 세 사람은 몰라도 되는 일이다.

"자, 하나 씨. 갑시다~."

"네, 부탁드립니다."

자동차에 타는 하나를 미요는 물끄러미 바라보았다. 그 때 고도와 눈이 마주쳤기에 감사의 마음을 담아 깊이 머리를 숙였다. 그는 사람 좋아 보이는 미소를 지으며 손을 흔든 뒤 창문 안으로 머리를 거뒀다.

"……그런 표정 짓지 마. 앞으로는 누구와든 언제든지 만날 수 있다."

떠나는 자동차를 지켜보고 있었더니 키요카가 미요의 어깨에 손을 올렸다.

'내가 무척 아쉬워하는 표정을 짓고 있었던 걸까.'

고개를 갸웃거리며 두 손으로 뺨을 더듬어보았다. 잘 모르겠다.

"낭군님, 감사합니다."

"신경 쓰지 마."

온갖 의미를 담은 감사의 인사는 제대로 전해진 모양이다.

무뚝뚝한 대답이었지만, 미요에게는 만족스러웠기에 그만 웃고 말았다.

"……쯧."

타츠이시 미노루는 감시 대상에게 보기 좋게 따돌려지고 돌아온 새 모양의 식신을 콱 움켜쥐었다.

처음 식신이 전부 불타버린 뒤에는 다소 거리를 두도록 했기 때문인지 문제없이 쿠도 키요카를 감시하고 있었는데, 아무래도 중요한 부분은 교묘하게 숨기고 통제 범위 안에서 풀어놓은 느낌이 든다.

미노루가 알고 싶은 건 키요카보다 미요다. 하지만 그 모습도 한 번도 확인하지 못했다.

『들어주세요, 아저씨. 언니도 참, 아직 뻔뻔하게 쿠도 님의 저택에 눌러앉아 있더라고요. 모습을 보아하니 기껏해야 사용인 취급이겠지만요.』

최근 타츠이시가에 방문한 카야가 그렇게 투덜거렸다. 이 근거도 아직 찾지 못했다.

그 어리광쟁이는 어딘가에 쓸 수 있을지도 모르니, 코우지와 약혼시킨 뒤로 자주 잡담에 응해주고 있는데 제법 유익한 정보를 주었다.

『코우지 씨는 언니의 편을 들지 않나. 저 그날은 기분이 안 좋았다니까요.』

하지만 무척 멋진 신사를 보았답니다.

카야가 뺨을 붉히고 몽롱한 얼굴로 이야기한 인물은 틀림없는 쿠도 키요카다.

그 애송이가 사이모리가를 방문했다는 건 안다. 사이모리가의 당주와 만나서 무슨 이야기를 했는지는 모르나, 카야의 이야기와 종합하면 미요 같은 볼품없는 딸을 보낸 것에 대한 항의였을까.

사이모리가의 내부 분위기도 한층 악화한 모양이었으니, 아마도 키요카가 위자료라도 청구한 모양이다.

'그러니 처음부터 미요를 이쪽에 넘기면 되었을 것을.'

정말로 어리석다. 미노루는 자신에 대해서는 뒷전으로 넘기고 내심 사이모리가를 욕했다.

'하지만 드디어.'

이로서 미요가 쿠도가에서 쫓겨나면 그녀를 보호하여 타츠이시가의 신부로 데려올 수 있다. 그리하면 모든 게 제 자리를 찾아가게 된다.

설마 키요카가 미요를 정식 약혼자로 맞으려 하는 줄은 꿈에도 모른 채 미노루는 흡족한 미소를 지었다.

✿ ✿ ✿

미요가 하나와 만나고 일주일 후. 초여름, 조금 선선한 바람이 불어서 쾌적한 날의 오후.

오비를 꽉 조이자 자신이 다시 태어난 것 같은 기분이 들었다.

몸에 걸친 기모노도 오비도 잡화도 전부 새것이고, 무척이나 고급스러운 물건이다.

'조금 비슷할까?'

거울을 들여다보자 그곳에는 언젠가 꿈속에서 봤던 어머니와 비슷한 것 같기도 한 벚꽃색의 기모노를 입은 여자가 있다. 말라빠진 몸은 혈색이 좋아졌기 때문인지 아파 보이지 않게 되었고, 머리카락의 윤기도 어떻게든 봐줄 만하게 되었다.

어머니의 유품과 비슷한 색의 이 기모노를 받았을 때의 감동은 분명 평생 잊지 못하리라.

키요카가 미요를 위해 기모노를 여러 벌 맞춰주었다는 것만으로도 넘치도록 기쁜데, 그는 특히 미요에게 어울릴 거라고 생각하며 이 색을 골랐다고 한다. '스즈시마 가게'의 케이코가 몰래 알려주었다.

그 말을 듣고 자신을 얼마나 기쁘게 해야 만족할 셈이냐며 부당하게 따지고 싶어졌다. 실제로는 너무 기뻐서 말이 한마디도 나오지 않았지만.

그로부터 매일 기모노를 바라보며 싱글벙글 웃는 미요는 누가 봐도 수상했을 게 틀림없다.

오늘은 이 옷차림으로 고도를 초대해서 대접하기로 했다. 물론 지난번의 사례를 위해서다.

일단 키요카에게 고도가 좋아할 법한 것을 물어봐서 음식을 마련해두었으나, 미요 본인이 만난 횟수가 적어서 자신감은 없다.

'고도 님께서 기뻐해 주시면 좋겠는데. 고민해봤자 소용없지.'

거울 앞에서 유리에에게 배운 대로 가볍게 화장한 뒤, 미요는 자리에서 일어나 연회 준비를 마무리하기 위해 부엌으로 서둘렀다.

"하아, 기대된다."

집으로 향하는 차 안. 가벼운 어조로 중얼거리는 고도를 키요카가 날카로운 눈으로 흘겨봤다.

"보답이라면 내가 약속대로 술집에서 사 줬을 텐데?"

"야무지고 좋은 사모님이 되시겠어요. 미요 씨는."

"친한 척 부르지 마라."

약혼자를 아무렇지도 않게 '미요 씨'라고 부르는 부하의 태도에 짜증이 났다.

"뭡니까. 질투하세요?"

"그럴 리가. 순간 무언가 폭력적인 기분이 들었다만."

"질투잖아요!"

귀축 상사가 숨통을 끊어버릴지도 몰라…… 라며 과장되게 한탄하는 고도. 완전히 까불거리고 있다. 무심코 차에서 내리라고 하고 싶어졌다.

하지만 미요가 고도를 대접하고 싶다는 말을 꺼냈을 때는 놀랐다.

이유는 어찌 되었든 그녀가 먼저 타인을 만나고 싶어 하다니 생각지도 못했던 일이다. 그건 오랫동안 사이모리 저택에 갇혀서 다른 사람과의 인연이 거의 끊어졌던 것이나 과거의 경험으로 인해 스스로를 비하하던 것과 관련이 있으리라.

그녀 본인의 외모도 퍽 건강한 모습에 가까워졌고, 장래가 정해진 일로 조금이나마 자기평가가 올라간 것이라면 키요카로서도 기꺼운 일이다.

"감시 식신은 잘 따돌렸을까요?"

"문제없다. 내가 이 정도로 실수할 리 없지."

고도가 뒤를 돌아보았다.

매일매일 질리지도 않고 키요카의 뒤를 밟는 식신은 지금은 없다. 인간의 눈을 속이는 건 다소 어렵지만, 식신은 어차피 조잡한 인조물. 얼마든지 속일 수 있다.

집에는 식신 차단 결계도 쳐 놓았다. 고도에게 하나를 데려오게 했던 그 일은 주의에 주의를 거듭하며 준비했던 게 틀림없다.

"음, 당연한 일이었죠. 쓸데없는 걸 물어봤네요."

그나저나. 고도가 말을 이었다.

"진짜 요즘 이능력자의 질적 저하가 심각하단 말이죠."

"이형의 수 자체도 상당히 줄어들었으니 어쩔 수 없는 일이기는 하지."

서양의 문화가 들어와 제국의 과학기술은 매년 발달하고 있다. 이형의 존재를 부정하는 자도 늘어나면서 이형은 급속도로 수가 감소했고, 토벌하는 측인 이능력자도 역할을 다했다는 양 줄어들고 있다.

"이형은 눈의 착각, 사람의 상상력으로 만들어낸 환각이라던가요. 뭐, 완전히 틀린 말도 아니지만요."

"그래."

이형이 발생하는 원인은 정체를 모르는 현상을 인간이 '이런 괴물의 짓이다'라고 상상하여 믿는 것. 많은 인간이 비슷한 상상으로 공포심을 품으면 그 상상이 힘을 지니며 구현화한다.

그래서 정체불명의 현상이 사실은 이런 과학으로 설명

할 수 있다는 걸 알게 되면 사람들의 공포심은 흐려지고 이형은 힘을 잃는다.

"일이 줄어드는 건 기쁜 일이지만요~."

그런 상황이기 때문에 유력하다고는 할 수 없는 가문의 이능력자가 실력이 부족하다고 해도 필연이라 할 수 있다.

당대 최강이라 명망이 높은 키요카조차 먼 옛날의 이능력자들과 비교하면 썩 우수하다고 할 수 없는 상황이다.

"——도착했다. 내려."

대화하는 사이에 키요카의 자택에 도착했다.

상사에게 운전을 시키고 조수석에서 시시껄렁한 이야기만 떠들던 고도를 자동차에서 쫓아냈다.

그러자 '으걱!' 하는 괴상한 비명 뒤에 불만이 돌아왔다.

"아 좀, 폭력은 안 되죠~. 미요 씨에게 고자질할 겁니다."

"그런가, 어쩔 수 없지. ……입막음도 때로는 필요한 법이니까."

"잘못했습니다……."

고도의 안색이 희게 질렸다. 농담을 던지며 장난치는 것뿐이면서 잘도 저렇게 한다. 쓸데없이 연기파인 부하에 한숨이 나왔다.

현관에는 여느 때처럼 미요가 기다리고 있었다. 유리에

의 모습은 보이지 않으니 먼저 돌려보낸 모양이다.

"다녀오셨습니까, 낭군님. 고도 님도 어서 오세요."

손을 바닥에 짚고 천천히 고개 숙여 인사하는 그녀는 아름답게 치장하고 있다.

며칠 전 머리끈의 답례라는 적당한 이유를 붙여서 반강제로 안겨준 기모노. 키요카가 고른 벚꽃색은 예상대로 그녀에게 무척 잘 어울렸다.

혈색이 좋아진 뺨은 연분홍으로 물들었고, 단정하게 빗은 뒤 완만하게 묶은 흑단 같은 머리카락. 소매 밑으로 보이는 손목은 아직 가냘프고 부러질 것 같지만 예전처럼 병약한 느낌은 없었다.

착착 다시 태어나고 있는 미요에게서 눈을 뗄 수 없다. 길가에서 주운 돌을 닦아봤더니 안에서 옥이 나타난 것만 같다. ——'스즈시마 가게'의 케이코의 말대로 되었다.

떨떠름하지만, 이것만큼은 그녀를 보내준 사이모리에 고마워하고 싶을 정도였다.

"낭군님? 왜 그러시나요?"

"아니, ……아름답군. 잘 어울린다."

생각했던 게 그만 입 밖으로 튀어 나가는 바람에 급격히 부끄러워졌다.

'무슨 소릴 하는 거냐.'

한 박자 늦게 새빨개진 미요가 시야에 들어오자 한층 민망했다.

'이만 돌아가도 될까요?'라는 말을 하고 싶은 듯 기가 막힌 표정인 고도에게 발차기라도 한번 날려주고 싶었으나, 그녀 앞에서는 그럴 수도 없다. 제 뜻대로 되지 않는 마음이란 참으로 까다롭다.

"저기, 낭군님. 정말로 감사합니다. 저는 이 색을 무척, 좋아합니다."

"그건, 다행이군."

케이코에게 이 벚꽃색 기모노만 빨리 완성해달라고 한 보람이 있었다. 살짝 계절에 안 맞긴 하지만, 미요가 이토록 기뻐해 준다면 그런 건 사소한 문제다.

"아, 죄송합니다. 고도 님! 안으로 들어오세요……."

간신히 고도를 신경 쓸 여유가 생긴 건지, 미요는 허둥지둥 문을 열었다.

고도 쪽은 드물게도 '하하……' 하며 건조한 미소를 짓고 죽은 물고기 같은 눈으로 현관에 발을 들여놓았다.

손님을 대접하기 위해 곱게 단장한 거실로 이동하여 자리에 앉자, 바로 연회가 시작되었다.

"우와, 맛있어."

"많이 드세요."

요리가 계속해서 나왔다. 아무래도 종류를 다양하게, 대신 각 접시당 양은 적게 만든 모양이었다. 크기가 작은 그릇과 접시에 담긴 친숙한 조림과 절임 등, 조금 간이 진해서 술에 잘 어울릴 법한 요리가 식욕을 자극했다.

고도는 한 입 먹을 때마다 감동한 듯 탄성을 질렀다.

"너는 본가에서 살고 있으니 매일 맛있는 걸 먹고 있지 않나?"

"아니죠. 뭘 모르시네요~ 대장님. 본가의 요리사가 만드는 요리의 맛과, 이런 가정요리나 술집 요리의 소박한 맛은 다른 매력이 있거든요."

"…………."

그런 건가.

생각해 보면 하루에 최소 두 끼는 미요나 유리에가 만든 요리를 먹고 있기 때문에, 키요카의 감각은 서민의 그것과 비슷한 건지도 모른다.

어릴 때는 질릴 정도로 고급 요리만 맛보았으나, 솔직히 지금 생활이 더 적성에 맞았다.

"고도 님. 술을 따르겠습니다."

"아, 감사합니다."

미요가 요리를 칭찬받아 쑥스러워하며 술을 따랐다. 그리고 재차 머리를 숙였다.

"고도 님, 다시금 인사하게 해 주십시오. 며칠 전에는 감사했습니다."

"저는 그냥 운전기사 역할만 했을 뿐인데요."

"그래도 고도 님께서는 낭군님의 오른팔이라고 들었습니다. 그렇다면 제가 그날 낭군님과 침착하게 대화할 수 있었던 것도 고도 님 덕분입니다."

드물게도 술술 말을 이어가는 약혼자의 모습은 참으로 눈부셨다.

그녀가 성장한 걸까, 아니면 이게 본래의 모습이었던 걸까. 어느 쪽이든 조금 기분이 좋아진 키요카는 술잔을 기울였다.

하지만.

"미요 씨……! 그런 식으로 말씀해주시는 분은 처음이에요. 기쁩니다, 악랄한 대장님과는 헤어지고 저와 결혼해주세요!"

"어……."

"이봐!"

터무니없는 발언이다. 아무리 그래도 흘려넘길 수 없어서 언성을 높이고 말았다.

"고도, 네놈……."

미요는 외모도 나쁘지 않고, 집안일은 만능이고, 성격

도 다소 비굴한 점을 제외하자면 충분히 좋다. 생각하고 싶지 않으나 키요카의 신부가 아니어도 귀한 대접을 받을 수 있으리라.

상상하는 바람에 가슴이 어지럽게 술렁거렸다.

"노, 농담이에요. 으악, 살기! 그 살기 거둬 주세요, 살벌하다고요!"

애초에 대장님이 평소에 칭찬해주지 않아서 그런 거 아니냐며 새파랗게 질린 얼굴로 주장하는 필사적인 부하를 얼어붙을 듯한 눈으로 쳐다보고 있던 키요카는 불현듯 힘이 쭉 빠졌다.

미요가 조심스럽게 입을 열었기 때문이다.

"저기, 고도 님. 말씀해주신 건 감사하지만……. 저는 낭군님이 좋으니까……. 죄송합니다."

대놓고 농담 티를 냈다고 생각한 고도였으나 상사의 약혼자가 진심으로 난처해하는 반응을 보이자 당황했다.

"윽! 그, 그렇죠~. 장난이 지나쳤습니다……."

꼴좋다고 내심 고소해한 키요카는 잘못이 없을 터이다. 입은 재앙의 근원. 늘 까불거리는 소리만 하니까 그렇게 된다.

무엇보다 그녀의 '낭군님이 좋다'는 발언은 무척 흡족하다.

마음속 어딘가에서 미요는 안락한 자리만 만들어준다면 누구든 상관이 없었던 게 아닐까 하고 조금 씁쓸함을 느꼈나 보다. 그녀의 마음이 어디에 있는지는 사소한 일. 하지만 아무래도 무의식중에 신경이 쓰였던 모양이다.

미요도 처음에는 아마도 자신을 받아주는 자리를 원했던 것뿐이었겠지만, 지금은 키요카가 마음대로 구입한 기모노를 받고 입어줄 정도로는 마음을 열어주고 있을 터이다.

혼자 감회에 젖어 있을 때였다.

"네? 그럼 낭군님은 군의 높으신 분에게도……."

"바로 그거예요. 쿠도 키요카의 이름을 듣기만 해도 벌벌 떠는 장관도 적지 않다고 하더라고요. 대체 뭘 하신 건지 알고 싶지도 않지만요~."

"……이봐."

어느새 두 사람은 화기애애하게 대화를 주고받고 있었다. 하지만 그중에 흘려 넘길 수 없는 내용이 섞여 있어 정신을 차렸다.

"대장님이 살기등등할 때면 진짜 반야나 뭐 그런 귀신처럼 보인다니까요. 대장님에게 정면으로 반박할 수 있는 사람도 저 아니면 직속 상관인 오오카이토 소장(小將)각하나, 아무튼 별로 없어요."

"……고도."

"대이특무소대의 훈련 강도는 제국 육군 중에서도 다섯 손가락에 꼽힐 정도로 유명하거든요. 아, 물론 귀신처럼 악독한 지시를 내리는 대장님 때문이지만요. 하지만 덕분에 이형을 상대로도 겁먹지 않고 싸울 수 있긴 해요~."

"……고도. 네 입은 참으로 기름칠이 잘 되어있구나."

"히이익."

이렇게 떠들썩한 연회의 밤이 깊어갔다.

고도가 돌아가고 목욕하러 갔던 키요카는 거실로 돌아가던 도중 이변을 눈치챘다.

집 안이 몹시 고요하다. 미요가 있을 터인데, 어째서인지 소리가 없다. 연회 뒷정리가 끝난 걸까.

부엌은 전등도 켜져 있지 않고, 불의 기운도 하나도 없다.

그럼 미요는 거실일까, 자신의 방일까. 아니, 미요의 방 앞을 지나갈 때도 인기척이 없었으니까 후자는 아니다.

눈썹을 찡그리고 거실에 가까워졌을 때 키요카의 귀가 드문드문 끊어지는 소리를 포착했다.

"……만, ……야, ……머니, 더는, ……그만."

미요의 목소리. 하지만 말이라기보다는 신음 같았다.

당황하며 후스마를 열자 구석에 치워두었던 탁자에 미요가 엎드려 잠들어 있었다. 분명 피곤해서 졸다가 깜빡 잠든 것이리라. 그건 이상하지 않다. 하지만.

어딘가 이능이 사용된 듯한—— 아주 미약한, 잔해와도 같은 기척이 난다.

'착각, 은 아니군.'

키요카가 목욕하는 사이에 누군가가 찾아왔을 리는 없다. 그렇다면 바로 알 수 있다. 고도가 연회 중간에 이능을 사용한 것도 아니고, 키요카 본인이 사용하지도 않았다.

으스스하다. 존재하지 않는 누군가가 키요카조차 알아차릴 수 없을 만큼 교묘하게 이능을 사용하기라도 했다는 말인가. 그런 일이 가능할까. 혹은.

생각에 잠기는 건 뒤로 미루고, 그의 의식은 잠들어 있는 미요 쪽으로 향했다.

"……만, 제발…… 립니다."

그녀의 입에서 나오는 건 애원. 조용히 다가가자 뺨이 눈물로 젖어 있었다. 눈은 감고 있지만 괴로운 듯한 표정으로 가위에 눌려있다.

안락하게 잠들어 있었다면 억지로 깨우지 않을 테지만, 이렇게 괴로워하고 있는데 내버려 둘 수는 없다.

키요카는 미요의 어깨에 손을 올리고 가볍게 흔들었다.
"이봐, ……미요. 일어나."
"……야, 부디……."
이름을 불러도 악몽은 그녀를 계속 괴롭혔다.
"이봐!"
견딜 수 없어서 조금 강하게 부르자, 간신히 신음이 멈추고 눈꺼풀이 몽롱하게 올라갔다.
"……응."
"정신 차려. ……괜찮나?"
"어, 라……. 낭군, 님?"
우선 이상은 없어 보여 안도의 숨을 내쉬었다.
하지만 정체불명의 이능이 사용된 흔적이 있는 이상 방심할 수 없다.
"그래. 꽤 심하게 가위에 눌리던데. 몸은 좀 어떻지?"
"어, 그……."
천천히 상반신을 일으킨 미요는 아직 잠에서 덜 깬 건지 상황을 파악하지 못한 듯 고개를 갸우뚱거렸다. 눈물 자국이 안쓰러워 키요카는 무의식중에 눈을 가늘게 떴다.
"악몽이라도 꿨나?"
"꿈……."

한 박자 늦게 뜨인 눈에서 다시 솟아난 눈물이 뚝뚝 흘러내렸다.

처음 봤을 때의 눈물과는 다르다. 일그러진 얼굴을 두 손으로 가리고 마른 몸을 둥글게 웅크려 우는 미요의 모습은 보기만 해도 가슴이 빼근하다.

무언가를 생각하기도 전에 반사적으로 그녀의 떨리는 몸을 끌어안았다.

“나, 낭군, 님…….”

“상관없다. 안 좋은 꿈이었던 거잖아. 내킬 때까지 울도록 해.”

잠꼬대의 내용으로 보아 아마도 사이모리 저택에서 보낸 생활에 관한 꿈이었으리라. ‘새어머니’, ‘카야’라고 부르는 게 들렸으니 좋은 꿈이 아니었다는 것도.

“우리는 약혼자다. 전에도 말했을 텐데. 생각한 걸 솔직하게 말할 수 있는 사이가 되고 싶다고. 나를 더 의지해도 되고, 매달려도 된다. 자신의 감정을 드러내고 응석을 부려도 돼. 그렇게 하며 서로의 힘이 되어주는 게 부부잖아.”

과연 자신의 말은 어디까지 미요에게 닿을까. 키요카는 고민했다.

조금은 마음이 통했다고 생각했다. 하지만 그녀가 품고

있는 마음의 상처는 분명 상상하는 것보다 훨씬 크고 깊다. 아무리 키요카가 위로한다고 해도 쉽게 사라지지 않는 상처.

'이제 해방되었으면 좋겠는데.'

여기에 미요를 상처 주는 것은 아무것도 없다. 만약 쿠도가의 친족이나 키요카 주변에 그런 것이 있다고 해도 절대 접근하지 못하게 할 생각이다.

"그러니 얼마든지 울어라. 그리고 눈물이 마르면 또 웃어줘."

"……흡."

키요카의 가슴에 매달려 오열하는 미요의 머리를 살며시 쓰다듬었다. 이 소녀가 울음을 그친다면, 조금이라도 괴로움이 누그러든다면 몇 번이든 똑같이 끌어안으리라.

품속에 있는 몸은 너무나도 가늘고, 작고, 연약하다. 지켜주지 않으면 쉽게 망가져 버릴 테니까――.

한동안 그러고 있자 미요는 흐느끼면서 꿈의 내용을 주섬주섬 늘어놓았다.

새어머니와 이복동생이 나와서 돌아가신 어머니의 유품을 눈앞에서 망가트리고 불태웠다. 그만하라고, 돌려달라고 울며 애원하는 미요를 비웃었다.

그녀는 실제로 있던 일이라고는 하지 않았으나, 아마도

비슷한 일이 일어났으리라는 건 바로 눈치챌 수 있었다.

"괴로웠겠군."

꿈 이야기만이 아니다. 사이 좋은 사용인인 하나를 잃고 10살도 되지 못한 소녀가 더듬더듬 살길을 모색하며 지낸 시간을 생각하니 자연스럽게 그런 중얼거림이 나왔다.

키요카는 서류상의 정보나 실제 사이모리가에서 받은 인상을 통해 미요가 살아온 괴로운 시간을 상상할 수밖에 없지만, 아무리 시간이 걸린다고 해도 그녀의 마음을 치유할 수 있으리라고 믿고 싶다.

"낭군님. 저는, 정말로 계속, 이대로, 당신 곁에 있어도, 되는 건가요."

"당연하지. 여기 있어라. 죽을 때까지."

고개를 든 약혼자에게 최대한 부드러운 미소를 지어 보였다.

"이것도 얼마 전에 말했을 텐데. 사라지면 곤란하다고."

"……제가 아무리 무능하고 쓸모없어도, 말인가요?"

"그래. 그래도. 뭐, 나에게 너는 무능하지도 쓸모없지도 않다만."

미요는 얼굴을 붉히며 아직 눈물이 고여 촉촉한 눈을 돌렸다.

"저는."

"?"

"역시 낭군님께서 그렇게 말씀하시는 분이 아니라고 생각합니다. 하지만 그래도 가능하다면 계속 낭군님 옆에서 낭군님의 도움이 되고 싶습니다."

"그래."

"그러니까 저는…… 더 노력하겠습니다. 최대한 오래, 낭군님께 도움이 될 수 있도록."

"……그래. 그렇게 해."

이게 지금의 미요에게는, 몇 년이나 자신을 부정당해온 그녀에게는 최선을 다한 긍정적 마음가짐이라는 걸 알 수 있었다. 바로 자신감을 가지라고 해봤자 불가능하다. 그러니 이렇게 조금씩 앞을 보고 나아가면서 그녀 자신과 남편이 될 키요카를 믿어주길 바란다.

'그나저나 그 이능의 기척은 대체 뭐였지……?'

이미 기척은 거의 아무것도 느껴지지 않을 만큼 흐릿해졌다.

불현듯 떠올린 가능성에 키요카는 눈썹을 찌푸렸다.

만약, 만약에. 미요가 꾼 악몽의 원인이 이능이라면. 그 이능의 주인은 우스바가의 사람 말고는 생각할 수 없었다.

다음 날 아침, 미요는 여느 때보다 더 저자세로 키요카와 얼굴을 마주하게 되었다.

깜빡 잠들어서 당주를 제대로 기다리지 못했던 것만이 아니라 악몽을 꿨다고 어린아이처럼 엉엉 울면서 키요카에게 매달리고 말았다.

아무리 솔직하게 감정을 드러내라는 말을 들었어도 그건 아니다. 이 나이에 부끄럽다.

심지어 무심코 이 집에 온 뒤로 계속 악몽을 꾼다는 걸 말해비리는 바람에 더욱 걱정을 끼치게 되있다.

심각한 표정으로 침묵하는 키요카는 정말로 무섭다. 저 표정을 보면 확실히 냉혹하고 무자비하게 느껴질 것이다. 미요의 추태에 화가 난 건 아닌 듯했지만, 그래도 몸이 떨릴 정도였다.

민망함이 가득한 식사 시간을 간신히 넘기고 드디어 키요카의 출근 시각이 되자 미요는 준비해두었던 작은 꾸러미를 꺼냈다.

"그러니 이것을 받아주세요."

그건 사과의 뜻을 담아 만든——.

"……도시락?"

"네."

도시락 하나로 사과가 될지는 무척 의문이 들긴 하지만, 유리에도 추천했으니 마련해보았다.

도시락통은 원래 이 집에 있던 것이나, 미요가 만든 요리를 담고 보자기도 미요가 바느질한 것이니 마음은 담겨 있다.

"감사히 먹도록 하지."

키요카는 미소 지으며 도시락을 받아들더니 그대로 자동차를 타고 출근했다. 어쩐지 평소보다 무척 기분이 좋아 보였다.

"더 열심히 해야지."

그가 기뻐하는 일을 하고 싶다. 약혼자로서 키요카의 힘이 되고 싶다.

할 수 있는 일을 하나씩 열심히 하다 보면 언젠가 그의 아내에 걸맞은 사람이 될 수 있을까.

4장 결의 어린 반항

타츠이시 미노루가 그걸 목격한 것은 뜻밖의 우연이었다.

이제는 일과가 되어버린 쿠도 키요카의 감시. 이때도 저택의 서재에 틀어박혀 식신과 시각을 공유해놓고 미요를 손에 넣기에 유효한 정보는 없을지 마을의 상황을 샅샅이 관찰하고 있었다.

처음에는 무언가 착각이 아닌지 눈을 의심했다. 왜냐하면 자신의 기억이나 카야의 이야기와는 완전히 다른 광경이었기 때문이다.

표정도, 몸에 걸친 의복도, 분위기도…… 놀랄 정도로 바뀐 미요의 모습.

상상했던 전개가 아니다. 그 가능성을 간신히 깨달았을 때, 미노루는 자칫 크게 소리칠 뻔했다. 어째서 이렇게 되어버린 것이냐며.

떠올리기만 해도 부글부글 끓어오르는 분노에 사로잡혀 머리를 쥐어뜯었다.

상대는 격 위의 존재로, 아무리 발버둥 쳐도 상대가 되지 않는다. 냉정함을 잃어버려 그런 간단한 사실조차 이미 머리 한구석으로 밀려나고 말았다.

그리고 주저 없이 카야를 불러냈다. 그녀라면 미노루가 상정한 대로 놀아나 줄 것이다. 수단을 가릴 때가 아니다.

그 보물을 먼저 찾아낸 건 쿠도가 아니라 자신이다.

우스바의 피를, 이능을 원한다. 타츠이시가의 위신을 되찾기 위해.

"아저씨, 무슨 일이세요? 갑자기 볼일이 있다니."

익숙하게 장의자에 앉아 고개를 갸웃거리는 카야를 향해 미노루는 미소 지었다.

"……실은 조금 전 믿기지 않는 광경을 보았다."

"네?"

"카야, 어쩌면 너는 알고 싶어 할 것 같아서 말이다. ──네 언니가 지금 어떻게 지내는지."

계속 마음속에 남아있다.

『카야. 너는 절대 저것과 같아져선 안 된단다.』

옛날에 어머니에게서 수도 없이 반복하여 들었던 말.

이복언니를 저택에서 발견할 때마다 손가락질하며, 저것처럼 되면 안 된다고, 저건 사이모리가의 딸이 아니라고, 무능하니까 그렇다고.

말 그대로 어머니는 카야에게 늘 '위'에 있을 것을 요구했다.

공부나 다른 분야의 작은 실수에도 민감해서, 가끔 실수하면 이대로는 이복언니처럼 된다며 이복언니가 어떤 험담을 듣는지 굳이 설명해주며 카야를 훈계했다.

그 영향으로 카야는 늘 자신이 '위'고 이복언니는 '아래'여야만 한다고 믿게 되었다. 이복언니가 지닌 것은 카야도 가지고 있어야만 한다. 아니, 그 이상이 되어야만 한다.

그래서 시아버지가 될 타츠이시 미노루에게 들은 이야기를 도저히 받아들일 수 없었다.

'거짓말, 거짓말, 거짓말이야……!'

그 언니가 고급 기모노를 입고, 심지어 사용인을 거느리고 시내를 걷고 있었다고?

이야기를 들은 것만으로는 좀처럼 믿을 수 없다.

카야는 사이모리 저택으로 돌아가 자신의 방에서 견귀의 재능을 발현시킨 뒤로 아버지가 가르쳐준 주술을 사용했다. 그리고 서둘러 어설픈 기술로 식신을 만들어냈다.
견귀의 재능이 있다는 건 최소한 술자로서 주술을 행사할 수 있다는 뜻. 다만 카야는 여자이기 때문에 임무와 엮일 일이 없으니 그리 열심히 배우진 않았다.
그래도 식신을 날리고 시각을 공유하는 것 정도는 가능하다.
방의 장지를 열어 작은 종이로 만든 식신을 날려 보냈다.
'말도 안 돼.'
카야는 하얀 손가락으로 손바닥 위에 남은 종이를 우그러트렸다.
고작 몇 주 전에는 변함없이 후줄근한 낡은 옷을 입고 있었기에 안심했다.
만약, 만약 이복언니의 혼담이 잘 풀리고 있다면?
저택에서 만난 아름다운 남성이 쿠도 키요카라고 했다.
고급 기모노도, 수많은 사용인을 거느리는 권력도, 미모의 남편도. 모든 것이 그 결함품 언니의 것이 되다니.
'싫어, 싫어. 그럴 수는 없어.'
카야는 사이모리를 이어받는 게 썩 좋은 일도 아니라는 걸 어렴풋하게는 알고 있었다.
여학교에 가서 조금만 교류해 보면 바로 알게 된다. 이능력자 가문 중 늘 이름이 언급되는 건 쿠도가를 필두로 몇몇 가문뿐. 사이모리가나 타츠이시가 같은 건 아무도 의지하지 않고 기대도 하지 않는다.

과거에 이룩한 재산과 지위가 있으니까 가까스로 상대해주고 있다. 그 정도.

세간의 인식에서는 이미 하향세인 것이다. 이 가문을 이어받아 유유자적하게 생활하는 미래는 오지 않는다. 언니가 시집가는 쿠도가와는 비교하는 것조차 오만이다.

사이모리가도 코우지도 카야가 진심으로 원한 건 아니다.

그보다도 쿠도가의 신부에 걸맞은 사람은 아무것도 못하는 이복언니가 아니라 자신일 터이다.

'이상하잖아. 언니가 내가 가져야 할 것을 빼앗다니——아.'

식신은 떠들썩한 시가지를 빠져나가려 하는 중이었다.

카야는 혼잡한 인파 속에서 미요로 보이는 인물을 발견하고 심장이 멈추는 줄 알았다.

"거짓말이지? 착각이지? 저게 언니일 리가……."

하얀색의 예쁜 양산을 쓰고, 한눈에 봐도 고급스러운 하늘색 기모노를 입고서 지난번에 봤던 사용인과 대화하며 걸어가는 귀부인의 모습.

인상이 전혀 다르다. 볼품없이 야위었던 몸은 건강을 되찾았다. 하지만 가냘프고 여리여리하다. 상해서 뻣뻣하게 퍼져 있던 머리카락도 지금은 빛을 반사할 정도로 매끄럽다.

촌스럽고, 초라하고, 음침했던 이복언니는 어디에도 없다.

"그 언니가 저렇게 될 리가 없어……."

얼이 빠진 채 카야는 식신을 부려 그 가련한 귀부인을 따라갔다. 하지만 중간에 목적지가 대이특무소대의 주둔소라는 걸 깨닫고 떨어진 곳에서 식신을 세웠다.

이복언니를 닮은 귀부인은 주둔소 앞에서 수위와 무어라 대화를 나누더니 잠시 문 근처에서 누군가를 기다렸다.

얼마 후 안에서 나온 사람은 틀림없이 카야가 이전에 저택에서 스쳐 지나갔던 아름다운 남자. 하지만 어째서일까. 그때와는 그의 표정이 무척 달랐다.

사람을 시선만으로 찔러 죽일 수 있을 법한 싸늘한 분위기였던 그때와는 다르게 부드럽게 풀어져 있다. 귀부인을 향한 호의가 식신의 눈을 통해서도 생생히 전해졌다.

그녀도 은은하게 뺨을 붉히며 풀어진 표정을 짓고 있다.

두 사람이 화기애애하게 대화하는 모습은── 어딜 어떻게 봐도 오붓한 연인이다.

"……어째서. 어째서?!"

동요로 인해 불안정한 식신이 힘을 잃어버리자 카야의 뇌리에 비치던 광경도 지워졌다.

이상하다. 이건 전부 다 이상하다.

조금 전에 본 언니의 모습을 떠올렸다.

그런 건 가면이다. 언니가 아무리 겉모습을 꾸며낸다고 해도 속은 텅 비었다. 아무런 의미도 없다며 스스로를 타일렀다.

오랫동안 사용인이나 마찬가지로 지내면서 이능도 견귀의 재능도 없는 그녀는 아무것도 못 한다. 그런 주제에 쿠도가의, 그 딱 보기에도 완벽한 남자의 아내 역할을 제대로 할 수 있을 리가 없다.

자신이 더 아름답다. 무엇보다 우수하다. 결코, 하향세인 사이모리가의 안주인으로 만족하고 끝내도 되는 그릇이 아니다.

『카야. 너는 절대 저것과 같아져선 안 된단다.』

그래. 그러니까 자신이 '아래'가 되어서는 안 된다.

'쿠도가의 신부에 걸맞은 사람은 나야!'

카야는 방에서 뛰쳐나와 아버지의 서재로 달려갔다.

부모님은 자신에게 무척 관대하다. 지금부터라도 약혼자를 바꿔 달라고 하면 들어줄 것이다.

하지만 그런 카야의 예상은 허무하게 무너졌다.

"안 된다. 너는 얌전히 신부수업이라도 하거라."

"어째서죠?!"

아버지는 눈썹을 찌푸리며 못마땅한 표정을 지었다. 카야는 아버지의 말에 수긍할 수 없어서 한층 더 화가 났다.

"어째서고 뭐고. 미요에 대해선 잊어라."

"그런 걸 여쭙고 있는 게 아닙니다! 아버지, 쿠도가에 시집가기에 걸맞은 사람은 제 쪽이잖아요?"

"……카야. 시간이 남아도는 거라면 코우지 군을 만나고 오는 게 어떠냐."

"아버지!"

이후 무슨 말을 해도 아버지는 전혀 귀를 기울이지 않았다.

이런 일은 거의 처음이라고 해도 될 정도다. 카야가 억지를 부릴 때면 늘 처음에는 떨떠름해 하면서도 결국은 허락해주었다. 그랬는데.

"카야?"

아버지의 서재에서 나온 카야에게 복도에서 말을 건 사람은 지금 막 저택을 찾아온 듯한 코우지였다.

"코우지 씨."

순간 주저했다. 이 약혼자는 기본적으로 이복언니의 편

이다. 이복언니가 행복해지는 게 마음에 들지 않으니까 어떻게든 막고 싶다고 하면 반드시 반대할 게 틀림없다.

하지만 거기까지 생각했다가, 만약 약혼자를 바꿀 수 있다면 미요를 좋아하는 코우지에게도 이득이 있다는 걸 깨달았다.

"코우지 씨, 있잖아——."

언니와 약혼하고 싶지 않아?

카야의 질문을 이해하지 못한 건지, 코우지는 눈썹을 찡그리고 '뭐?' 하고 되물었다.

"그러니까, 언니와 약혼할 수 있다면 코우지 씨는 기뻐할 거지?"

"영문을 모르겠는데."

"쿠도 님의 아내에는 언니보다 내가 더 걸맞다는 건 명백하니까, 입장을 바꾸면 어떨까? 분명 그렇게 하는 게 더 좋을 거야. 협력해줄 거지?"

"황당한 소리 하지 말아줄래?"

냉엄한 어조로 말한 코우지는, 다음 순간에는 눈동자에 체념의 기색을 띄웠다.

카야는 그 사실에 초조함을 느꼈다.

"어째서? 코우지 씨는 나보다 언니를 좋아하잖아?"

"그런 문제가 아니야. 아저씨께서 허락하셨어?"

"…………."

"당주의 허락이 없다면 불가능해."

"……윽, 코우지 씨마저 그렇게 매정하게 나온다는 거지!"

카야는 아버지에 이어 약혼자에게마저 냉담한 대우를 받자 실망과 슬픔을 한꺼번에 맛보았다.

'하지만, 그래. 타츠이시 아저씨라면.'

카야의 이야기에 귀를 잘 기울여주고, 이복언니에 대해서도 가르쳐주었다. 분명 협력해줄 것이다. 카야의 마음이 조금 가벼워졌다.

자신의 아군이 아무도 없어질 리가 없다. 카야가 우수한 한. 모두 미요보다 그녀를 원할 게 틀림없으니까.

——시간은 조금 거슬러 올라간다.

"미요 님, 준비 끝나셨습니까?"

"네. 지금 갑니다."

유리에의 부름에 미요는 밖으로 나왔다. 아직 오전이지만 햇볕이 조금 따갑다.

어젯밤, 키요카는 일 때문에 주둔소에서 자느라 집에 돌아오지 않았다. 분명 피곤할 테고, 조금이라도 힘이 되었으면 하는 마음에 도시락을 가져가기로 했다.

아무래도 바쁘면 한 끼 정도는 태연하게 건너뛰곤 한다는 이야기를 유리에에게도 고도에게도 들었다. 지금부터 가져가면 점심 직전에 줄 수 있으니 딱 적당할 것이다.

"도련님께서 분명 기뻐하실 거예요."

"그러면 좋겠는데요……."

보자기로 감싼 도시락통을 안고 옷차림이 이상하지 않은지 확인했다.

그 벚꽃색 기모노를 받은 날로부터 며칠 뒤, '스즈시마 가게'에서 키요카가 구입한 것이 차례차례 도착했다.

앞으로 올 시기에 잘 어울릴 법한 홑옷과 얇은 기모노, 여기에 맞춘 쥬반과 오비와 잡화. 결코 크지는 않은 집 안에 산더미처럼 물품이 쌓였을 때는 어안이 벙벙해지고 말았다.

대체 이게 전부 얼마나 나갔는지 무서워서 계산할 수 없었지만, 그냥 보관만 해두는 것도 아까워서 조금씩 사용하고 있다.

참고로 오늘은 하늘색 바탕에 적절히 화사한 등나무 무늬가 아름답게 들어간 기모노에다 오비는 연한 노란색으로 맞췄다.

"자, 미요 님. 이것도 들어주세요."

"예뻐라……."

"햇볕이 따가워졌으니까요. 도련님께서 꼭 쓰라고 하셨습니다."

유리에가 준 것은 귀여운 레이스가 달린 하얀색의 양산. 양장에도 전통복에도 어울릴 법하면서도 이 또한 값이 나갈 것으로 보이는 물건이었다.

이걸 쓰고 걷는다면 한눈에 봐도 귀한 집의 고상한 영애가 될 수 있을 것 같다. 그러나.

"……저는 낭군님께 상당한 과소비를 조장하고 있는 거 아닐까요……."

쿠도가 자체의 자산도 막대한 데다 키요카는 사관으로서 어느 정도 높은 지위에 앉아있다. 돈이 부족할 일은── 어지간한 일이 없는 한 그럴 일은 없다는 걸 알지만 역시 걱정이 되었다.

기모노를 사 준 것만으로도 충분한데, 최근에는 이런저런 핑계를 대며 이렇게 미요를 위해 의식주에 관련한 것이나 잡화를 안겨준다.

돈이 많은 명가의 평범한 영애라면 당연하게 받아들이는 것들이나 아쉽게도 미요와는 연이 없었던 경험이다. 어쩐지 나쁜 짓을 하는 것만 같았다.

"어머, 유리에도 자세한 것은 모르지만 괜찮습니다. 도련님께선 원래 돈을 그리 쓰지 않는 분이시니까요. 자,

어서 가시지요."

"앗, 네."

가볍게 흘려 넘기는 유리에가 재촉하는 대로 천천히 걸어갔다.

시가지로 나오자 원치 않아도 카야와 마주쳤을 때의 일이 떠올랐다.

오늘도 만나면 어떻게 하나 걱정이 안 되는 건 아니다. 지금 아무리 평화롭게 살고 있다고 해도 본가에 있을 때 겪은 일은 그리 쉽게 기억에서 사라져주지 않았다. 얼굴을 맞대게 된다면 분명 또 무서워서 얼어버릴 것이다.

그래도 지금은 마음의 의지처가 되어주는 사람이 있다. 반드시 미요의 편을 들어주는 사람이. 그렇게 생각하기만 해도 늘 따라붙었던 불안이나 공포가 누그러들었다.

"안녕하세요."

주둔소 앞에 서 있는 경비에게 인사하자 그가 신원과 용건을 물어보았다.

미요는 다소 더듬거리면서도 키요카의 약혼자와 그 수행원이라는 것, 도시락을 건네주러 왔다는 이야기를 전했다.

"약혼자……. 알겠습니다, 바로 확인하겠습니다."

문지기는 무언가 믿어지지 않는 것이라도 본 것처럼 깜

짝 놀란 표정이었다.

얌전히 기다리고 있었더니 조금 당황한 듯한 키요카가 밖으로 나왔다. 늘 서늘한 표정인 그치고는 드물게도 초조해하는 표정을 짓고 있다.

"미요, 게다가 유리에. 이런 곳까지 무슨 일이지?"

"낭군님, 수고 많으십니다. 폐가 될지도 모른다고는 생각했지만…… 그, 제대로 된 식사를 하셨는지 걱정되어서 도시락을 가져왔습니다."

미요는 의식적으로 미소를 만들며 들고 있던 보따리를 내밀었다.

"그, 그렇군. 그건, ……고맙다."

어째서인지 무척 불편한 듯, 어색한 듯 미간에 주름을 만들며 보따리를 받아드는 키요카.

아마도 그에 대해 잘 모르는 사람이 봤다면 언짢아한다고 착각할 테지만, 지금의 미요에겐 단순히 부끄러워하고 있다는 걸 알 수 있었다.

그의 태도나 표정은 이래저래 오해받기 쉬운 편이다.

"걸어왔지? 안에서 잠시 쉬었다 가겠나?"

"아뇨, 저는 괜찮습니다. 유리에 씨는 어떠세요?"

"이 정도쯤이야 멀쩡합니다."

웃으면서 가슴을 두드리는 유리에에게선 말한 대로 피

로가 전혀 느껴지지 않았다. 오랫동안 사용인으로서 일한 산물일 것이다.

“그, 모처럼 말씀해주셨지만 방해하면 안 되니까 돌아가겠습니다.”

그가 조금 실망한 듯한 표정이 된 건 분명 착각이다. 바쁠 테니 미요가 너무 방해할 수는 없다.

문득 키요카가 진지한 눈으로 물었다.

“미요, 부적은 갖고 있지?”

“아, 네. 여기에…….”

미요가 손에 든 주머니를 가리키자 키요카는 고개를 끄덕이려다가── 안쪽에서 부르는 목소리가 들려서 돌아보았다.

대원에게 대답한 후 다시 미요 쪽으로 몸을 돌렸을 때는 이미 책임감 있는 한 명의 군인의 얼굴이 되었다.

“지금 간다. ──갖고 있다면 됐어. 사실은 바래다주고 싶지만, 미안하다. 빠져나갈 수 없을 것 같아.”

“괜찮습니다. 방해해서 죄송합니다. 일 열심히 하세요.”

“그래. 둘 다 조심해서 돌아가.”

“네.”

대답하자 키요카는 미소 지으며 미요의 머리에 가볍게 손을 올려 토닥토닥 쓰다듬은 후 건물 안으로 돌아갔다.

"후후, 도련님도 참. 쑥스러워하시네요."

"네, …………."

돌아가던 도중, 유리에와 대화하며 미요는 주머니 안을 들여다보았다가 고개를 갸웃거렸다.

"미요 님? 왜 그러시나요?"

"어, …… 네, 그게."

주머니를 샅샅이 뒤져봐도 보이지 않는다.

어딘가에서 떨어트렸나? 아, 그래. 생각해보니.

"낭군님께는 그렇게 말씀드렸지만, 부적을 집에 두고 와 버린 것 같아서요."

"어머나! 큰일이네요."

기모노에 맞춰서 주머니도 바꿨다. 그 부적은 전에 사용하던 낡은 주머니에 넣어둔 채 새 주머니에 넣지 않고 그냥 와 버렸다.

설마 이런 실수를 할 줄은 생각지도 못했기 때문에 결과적으로 키요카에게 거짓말을 한 셈이 되어버렸다. 집에서 나오는 일 자체가 몇 번 없었다고 해도 변명이 되지 않는다.

"반드시 가지고 다니겠다고 약속했는데."

'나도 참, 정말 못났구나.'

그 부적이 없다니, 미요를 지켜주는 키요카의 기척이

단숨에 흐려진 것 같아서 불안해졌다.

의도치 않게 약속을 깨는 바람에 바닥으로 하강하는 기분을 멈출 수 없었다.

"그럼 미요 님, 서둘러서 집으로 돌아갑시다."

"……그래야겠어요."

유리에의 말에 고개를 끄덕인 뒤 걷는 속도를 올렸다.

그 부적 자체에 어떤 효력이 있는지 미요는 모른다. 하지만 키요카가 그토록 갖고 있는지 아닌지 신경 쓰는 물건이다. 무언가 의미가 있다. 그걸 무시하고 돌아다닐 수는 없다.

한동안 말수도 아끼며 걸어간 두 사람은 무사히 시가지 외곽으로 나왔다. 인기척이 적은 시골길로 나왔으니 여기서부터 집까지는 이제 그리 멀지 않다.

그렇게 안도한 그 순간.

요란한 엔진 소리가 울리며 한 대의 자동차가 가까이 정차했다.

처음에는 키요카가 쫓아온 줄 알았으나 아니었다.

"미요 님!"

유리에의 외침이 울렸다. 완전히 예상하지 못한 사태에 미요의 반응이 늦어졌다.

"……?! 유리에, 꺄악."

돌아볼 새도 없이 자동차에서 내린 누군가가 고통을 느낄 정도로 팔을 세게 잡아당겼다. 거부할 수 없게 만드는 힘으로 몸의 움직임을 봉쇄했다.

"무, 무슨, 으읍."

누가 이런 짓을 하는 건지. 그걸 확인하는 것조차 불가능했다. 입과 눈에 천이 덮여서 시각도 목소리도 자유를 잃었다.

'무서워……, 낭군님……!'

그대로 몸이 허공에 붕 떠서 자동차 안으로 거칠게 처박히나 싶더니, 미요는 어찌할 수 없는 숨 막힘에 의식을 놓아버렸다.

사각사각 만년필을 움직여 서류를 처리하고 있던 키요카는 도장을 찍으려 손을 움직이던 차에 문득 고개를 들었다.

"대장님, 손님이 오셨습니다만……."

문 너머에서 다소 곤혹스러운 듯한 부하의 목소리가 들렸다.

손님이 올 예정은 없다. 무슨 일이 있었는지 의아해하며 응접실로 서둘렀다.

주둔소 안에서도 입구와 가까운, 손님이 왔을 때만 사용되는 방에 발을 디디자 그곳에는 잘 아는 인물이 있었다.

"……유리에?"

키요카의 모습을 보자마자 방금 전에 집에 돌아갔을 터인 유리에가 넘어질 듯한 기세로 일어나더니 매달렸다.

"도련님, 미요 님께서……!"

"무슨 일이 있었지?"

"미, 미요 님께서…… 도련님, 미요 님을."

"유리에, 진정해."

"아, 안 돼요. 빨리, 서두르지 않으면 미요 님께서."

평소 침착한 유리에가 몹시 혼란스러워해서 제대로 된 대화조차 성립되지 않았다.

"진정해, 괜찮아. 천천히 해도 돼."

"미요 님께서."

"미요가, 무슨 일이지?"

"유, 유괴당하셨습니다……."

설마 하는 말을 삼키며 키요카는 신음했다. 상정했던 일이긴 했으나 가능성 중에서는 가장 낮았다. 설마 그 남자가 그렇게까지 어리석은 줄은 생각지도 못했다.

유리에를 의자에 앉힌 뒤 간신히 이야기를 들었다.

"미요가 납치당하기 전에 누군가를 만났어? 사이모리가 혹은 타츠이시가의 사람과?"

"마, 만나지 않았습니다. 곧바로 돌아갈 예정이었으니까요."

"부적은 어쨌고. 갖고 있었던 게 아니었나?"

"……그게, 사실은."

――도련님과 헤어진 뒤에 없다는 걸 알아차렸습니다.

유리에의 목소리도 손도 심하게 떨렸다. 소지품을 제대로 확인했다면 이런 일은 일어나지 않았다고 자책했다.

키요카는 폭발하기 직전까지 부풀어 올랐던 격정을 억누르듯이 숨을 뱉었다.

그 부적은 상대방의 식신에게 모습을 감춰주는 효과가 있었다.

인간의 눈이나 물리적인 실력행사로부터 지켜주는 건 아니었으니 심리적 효과 정도에 불과했으나, 감시할 때 인간이 아닌 식신을 사용하는 자들에게는 유용하다.

"……쯧."

힘이 부족한 것에 짜증이 치밀었다.

이미 품에서 꺼낸 손바닥 크기의 작은 종이들에 힘을 불어넣어 간이 식신을 생성해서 시내에 내보내 미요의 행방을 찾고 있다. 하지만 제도는 넓다. 이 방법으로는 시간이 걸리는 데다 너무 불확실하다.

범인은 십중팔구 알고 있다. 하지만 증거가 부족한 지금 상황으로는 도저히 움직일 수 없다. 식신으로 현장을 포착할 수 있다면 좋겠지만, 그렇게 쉽게 풀릴 리도 없다.

적지에 쳐들어가서 제압하는 거라면 키요카 혼자서도 가능하다. 하지만 증거도 없이 그런 짓을 했다간 키요카 쪽이 발목이 잡힌다. 딱 하나. 무언가 결정적인 게 필요했다.

지금 당장에라도 미요를 되찾으러 가고 싶은데 그럴 수 없는 상황이 답답했다.

"대장님~? 또 손님 오셨는데요."

잠시 무거운 침묵으로 뒤덮인 실내에 태평한 목소리가 끼어들었다.

"누구지."

감정이 담기지 않은 평탄한 어조로 묻는 상사에게도 전혀 주눅 들지 않고 성큼성큼 안에 들어온 고도가 '저기요' 하고 등 뒤를 가리켰다.

거기에 있는 사람은 조금도 예상하지 못했던 인물이었다.

그는 고통을 견디듯이 주먹을 세게 거머쥐고 있다.

"당신에게 이런 부탁을 하는 건 이치에 맞지 않는다는 건 압니다. 하지만, 부탁드립니다. 저 혼자서는, 미요를 구할 수 없어요……!"

카야의 약혼자, 타츠이시 코우지가 눈물을 흘릴 듯 일그러진 얼굴로 서 있었다.

미요를 지키겠다고, 그렇게 맹세했었다.

그러기 위해 일부러 카야의 약혼자, 사이모리의 차기 당주라는 지위를 선택했는데.

현실은 어떤가. 코우지는 키요카가 운전하는 자동차에 탄 채 피가 나올 정도로 입술을 깨물었다.

대이특무소대의 주둔소에서 키요카에게 설명한, 스스로도 벌써 몇 번이나 떠올리며 후회한 사건이 다시 코우지의 뇌리에 선명하게 되살아났다.

카야의 상태가 이상했다. 이복언니와 입장을 바꾸고 싶다고 하고, 불가능하다고 거절하자 이번에는 타츠이시가에 가서 코우지의 아버지와 대화하겠다고 했다.

너무나도 수상했기 때문에 따라가자 카야와 아버지는 귀를 의심하게 만드는 대화를 나누고 있었다.

『그럼 언니가 좋다고 하면.』

『그래. 본인의 의사라면 쿠도도 따를 수밖에 없지. 약혼은 취소된다. 미요니까 네가 말하면 바로 꺾일 거야.』

『그렇겠죠! 어머니도 분명 협력해주실 거예요. 언니는 아저씨가 데려와 주시는 거죠?』

『물론이지.』

그렇다면 분명 잘 될 거라면서, 카야는 기뻐하는 얼굴로 손뼉을 쳤다.

『말도 안 되는 짓을! 카야도 아버지도 무슨 생각이야!』

당황하며 끼어든 코우지에게 두 사람의 싸늘한 시선이 꽂혔다.

『무슨 생각이냐니, 조금 전에도 말했잖아. 언니의 혼담을 없애고 입장을 바꾸는 거야. 코우지 씨도 그랬잖아? 아버지의 허가가 필요하다고. 하지만 그건 무리일 것 같으니까, 아저씨께 다른 방법을 들었어.』

『설마.』

믿어지지 않는 기분으로 자신의 아버지를 쳐다봤다.

『미요를 손에 넣기 위해서다. 어쩔 수 없지.』

『예전에는 다른 가문의 일에 참견하지 말라고 그렇게……!』

옛날에 미요를 도우려고 하면 아버지가 계속 가로막았다. 다른 가문의 사정에 끼어들면 안 된다면서.

지금 아버지의 행동은 그 주장에 반하는 행위가 아닌가.
코우지의 지적에 아버지는 한숨을 쉬었다.
『그때는 섣불리 옹호했다가 사이모리가 미요의 가치를 깨달으면 안 되었기 때문이다. 언젠가 놔 주지 않으면 손에 넣기 귀찮아지니까.』
『……뭐?』
뭐야, 그게.
『사이모리가 그 가치를 깨닫고 보호하지 않도록, 미요가 고립되는 게 편하니 말이다.』
『………….』
즉 그럴싸한 이유를 붙여서, 자신이 미요를 손에 넣으려고 일부러 도움을 주지도 않고 방관해왔다는 말인가.
아버지가 했던 짓을 정확하게 이해하자 분노가 정점을 뛰어넘어 코우지는 잠시 망연해졌다. 이어서 머리에 피가 쏠리며 눈앞이 새빨갛게 물들었다.
——용서 못 해.
설마. 그토록 괴로워하고 슬퍼하며, 웃지도 못하게 된 미요의 모습을 아버지도 모를 리가 없다. 그걸 일부러 방치하다니 인간이 할 짓이 아니다.
이런, 이런 쓰레기가 하는 말을 들으며 지금까지 참아왔다고 생각하니 스스로에게도 화가 났다. 전신이 부글

부글 끓는 것 같다.

파직. 창문에 금이 갔다.

감정을 억누를 수 없다. 코우지 안에서 휘몰아치는 분노가 범람하여 이능의 폭주라는 형태로 현실 세계에 간섭을 시작했다.

『……용서 못 해.』

『코우지, 소용없다. 그만해라.』

『당신의 말은 이제 듣고 싶지 않아!』

방에 설치된 탁자와 의자, 책장 등의 가구가 일제히 덜컹덜컹 소리를 냈다.

『카야, 너는 돌아가려무나.』

『아저씨.』

『여길 정리하고 나면 바로 그쪽 저택에 찾아가마.』

『알겠습니다. 언니에 대해선 맡겨주세요.』

카야는 힐끗 코우지를 살핀 뒤, 관심을 잃어버린 듯 얌전히 방에서 물러났다.

문이 닫히는 것과 동시에 방 안에 있던 물건이 중력을 거스르며 허공에 떠올랐다.

『이 이상 미요를 마음대로 대하게 두지 않아……!』

코우지의 외침과 함께 허공에 떠 있던 물건들이 어마어마한 속도로 미노루를 향해 달려들었다.

염동력. 직접 건드리거나 도구를 사용하지 않고 물건을 움직이는 기본적인 이능. 코우지가 본래 지니고 있는 힘으로는 의자 하나를 띄우는 정도가 고작이었으나, 지금은 명백하게 그 이상의 힘이 나오고 있다.

만약 명중한다면 인간의 몸 정도는 쉽게 날아가 버릴 것이다.

하지만 미노루는 안색 하나 바꾸지 않고 그곳에 서 있었다.

『네게 이 정도의 힘이 있었다니 의외구나. 이능의 크기나 질은 어느 정도 감정에 좌우되기도 한다만.』

미노루가 가볍게 한쪽 손을 들자 그에게 부딪치기 직전까지 육박했던 물건이 모두 우뚝 정지했다. 그리고는 천천히 그 자리에 착지했다.

『어째서, 움직여……! 움직이라고!』

『멍청한 것. 이능력자로서 제대로 훈련도 하지 않은 네가 이길 수 있을 리가 없지.』

방 안에 폭풍처럼 소용돌이치던 코우지의 이능은 이미 고요해져서 아무런 반응도 기척도 없었다.

아직 코우지 안에서 분노는 조금도 식지 않았으나, 조금 전처럼 본래의 실력을 넘어서는 힘은 나오지 않게 되었다.

『젠장……. 어째서, 어째서.』

왜 자신은 이렇게 무력한 걸까. 미요를 지키겠다는 둥 거들먹거려놓고 중요한 순간에 힘이 부족해서 도움이 되지 않는다니—— 마치 그저 떼를 쓰는 어린아이다.

원통해서. 하지만 방도가 없어서. 눈물이 나왔다.

그 후 아버지에 의해 구속당한 코우지는 주술로 묶여서 자신의 방에 감금되었다.

미요는 아버지의 수하에게 붙잡혀 지금쯤이면 이미 사이모리가에 보내졌으리라.

아무것도 하지 못했다. 그녀가 위험하다는 걸 알면서도 아버지 한 명 붙잡지 못했다.

애초에 처음부터 코우지 본인이 어중간하게 굴었던 게 잘못이다.

다정하다고? 아니다. 우유부단하고, 패기도 없는 겁쟁이. 이런, 어찌 할 수 없는 상황이 될 때까지 아무것도 하지 않았다.

『나는…… 멍청해.』

더 일찍 선택해야 했다. 미요를 지키고 싶다면 그에 맞는 노력을 해야만 했는데.

이제 와서 후회해도 늦었다. 이능력자로서 수행을 쌓지 않았던 코우지에겐 사이모리 가에 맞설 방법은 없다. 설령 그곳에 간다고 해도 또 같은 일이 반복될 뿐이다――.

그때, 분명 잠겨있던 방문이 열렸다.

『그럼 포기하려고?』

놀리는 듯한, 장난치는 듯한 말을 뱉으며 나타난 사람은 형이었다.

딱 봐도 한량 태가 나는 요란한 외모의 형을 보자 화가 났다.

『포기하지 않았어. 미요를 구하러 갈 거야.』

결의를 담아 반박하는 코우지를 향해 형은 재미있다는 듯 웃었다.

그리고 그는 어디서 그런 기술을 익힌 건지 아버지의 주술로 묶여있던 코우지의 구속을 아주 간단하게 풀어버렸다.

『어째서…….』

『쓸데없는 걸 궁금해할 시간이 있다면 빨리 가는 게 좋다고 보는데?』

속을 뒤집어놓는 미소에 등을 돌린 코우지는 아주 작게 고개를 끄덕인 후 방에서 뛰쳐나왔다.

"곧 도착한다. 그렇게 조급해해도 상황은 바뀌지 않아. 타츠이시 코우지."

자동차를 운전하는 키요카가 조수석에 앉은 코우지를 감정이 담기지 않은 목소리로 타일렀다.

"굉장히 침착하시네요, 당신은. 약혼자가 어떤 일을 당하고 있을지도 모르면서."

코우지는 쌀쌀맞게 대꾸했다.

운전하는 키요카의 옆얼굴은 몹시 냉정하여, 그 얼어붙은 표정은 도저히 약혼자를 염려하는 것으로 보이지 않았다.

확실히 쿠도 키요카는 완벽하다. 결점다운 결점이 보이지 않는다. 비교할 것도 없지만, 코우지는 같은 남자로서도 이능력자로서도 발끝에도 미치지 못한다. 분명 아무리 노력해도 따라잡는 건 불가능하리라.

하지만 이 남자에게 미요를 맡기는 게 정말로 좋은 일일까. 애초에 미요의 뭘 알고 있는 거지? 그녀의 깊은 슬픔이나 고독, 마음의 상처는?

이렇게 구하러 가는 것도 단순히 보여 주기용이 아닌가?

'만약 이 남자가 미요를 버리면.'

그때는 미요를 죽이고 자신도 죽을 수밖에 없다. 계속 생각했다. 그게 가장 확실하게 미요에게 안식을 줄 수 있는 방법이라고. 이기적이라는 자각은 있었으나, 다른 방법은 더는 떠오르지 않는다.

하지만 곧바로 그는 결사의 각오가 헛수고였다는 걸 알게 되었다.

❀ ❀ ❀

눈을 뜨자 희미하게 곰팡이 냄새 같은, 탁한 공기가 코를 찔렀다.

실내. 어두운 장소다. 어딘가에 광원이 있는 건지 눈이 익숙해지자 아무것도 보이지 않을 만큼 암흑은 아니었으나, 밖이 보이지 않으니 낮인지 밤인지 판단하기 어렵다.

미요의 몸은 먼지가 앉은 나무 바닥에 아무렇게나 쓰러져 있었다. 두 손이 밧줄로 묶여 자유롭게 움직일 수 없었기에 조금 고생하며 일어났다.

'여기는.'

주위를 잘 둘러보자 와 본 적 있는 장소였다. 특별하게 끔찍했던 기억이 되살아났다.

좁고, 거의 아무것도 없는 공간. 차갑고 눅눅한 공기.

미요가 어릴 때 갇혔던 그 사이모리가의 광이 틀림없다.

광은 어느 집이든 비슷한 구조이니, 여기가 사이모리가의 광이라는 확실한 증거는 어디에도 없다. 하지만 옛날과 조금도 달라지지 않은 내부 모습은 묘한 확신을 품게

했다.

자세한 이유는 아직 모르지만, 새어머니나 카야라면 미요를 납치해서 가둔다는 폭거를 저지르지 않는다고 단언할 수 없다. 두 사람이 미요를 모멸하고, 미워하고, 눈엣가시로 여기는 감정은 뿌리가 깊다. 어떠한 계기가 있다면 이 정도쯤은 저지를 것이다.

상황을 파악하자 지금부터 무슨 일이 일어날지에 대한 두려움과 키요카와 유리에에게 미안함이 치밀었다.

분명 지금쯤이면 키요카에게도 미요가 납치당했다는 연락이 갔을 것이다.

그는 미요를 구하려 할 것이다. 그게 얼마나 폐가 되었을지. 면목이 없어 눈물이 나올 것 같았다.

두근두근. 빨라진 심장 박동이 귀 안쪽에서 시끄럽게 울린다.

지금, 이 순간에도 새어머니나 카야가 온다면. 이 집에서 그 두 사람과 다시 대치하면 자신이 어떻게 될지——예상이 가지 않으니까 괜히 더 공포가 커졌다.

집에서 나와 안심할 수 있는 장소를 얻고 조금은 강해졌다고 생각하는 반면, 편안한 환경에 인내심이 약해졌다는 생각도 들었다. 그 두 사람 앞에서 울기라도 했다간 얼마나 비웃음을 당할지.

미요가 굳게 결심하고 일어나 문에 힘껏 몸통 박치기를 날렸다.

어쩌면 옛날보다 커진 몸이라면 안에서 열 수 있지 않을까, 일말의 희망에 걸었다.

하지만 역시나 문은 꿈쩍도 하지 않았다.

'……당연하지.'

빗장으로 닫힌 문이 몸통 박치기 정도에 열릴 리가 없다.

이 문이 열리지 않는다면 달리 탈출할 수 있을 법한 장소는 없다. 높은 위치에 창문이 있지만 거기까지 올라가는 것도 어렵고, 크기도 작아서 빠져나가는 것도 불가능하다.

아무리 포기하고 싶지 않아도 손 쓸 수가 없어서, 마치 단죄의 순간을 기다리는 죄인 같은 심정으로 주저앉자 밖에서 소리가 들린 것 같았다.

"……!"

몸이 뻣뻣해지고 식은땀이 맺힌다.

무의식중에 호흡을 멈춘 채, 무거운 소리를 내며 천천히 열리는 문에서 눈을 뗄 수 없다.

"어머, 언니. 벌써 눈을 떴어?"

역시. 어깨가 반사적으로 흠칫 튀어 올랐다.

사용인을 시켜 두꺼운 문을 열고 해가 저무는 하늘을

등지며 천천히 광의 입구 바로 앞까지 걸어온 사람은 카야였다.

어머니를 닮은 화사한 얼굴도, 유행하는 밝은색의 기모노를 입은 그 모습도, 맑고 낭랑한 목소리도, 빈틈 하나 없는 여느 때의 그녀였으나 눈동자에는 검고 매서운 감정이 드러나 있었다.

"좀처럼 눈을 뜨지 않는 것 같아서, 결국 심장이 멈춰버렸나 했는데 말이야."

쿡쿡 웃는 그 표정에는 이상하게도 이전과 같은 당당한 오만함이 보이지 않았다. 어딘가 마음이 여기에 없다고 해야 할까, 조급해져서 여유가 없는 것 같기도 했다.

"……무슨, 생각으로…… 이런 짓을."

공포와 긴장으로 숨이 잘 쉬어지지 않는다. 물어보는 목소리는 볼품없이 떨렸다.

카야는 밧줄로 묶여 먼지투성이인 바닥에서 떨기만 하는 미요를 바라보며 짙은 미소를 지었다.

"보기 좋네. 언니에게 그런 고운 기모노는 과분하지. 그렇게 꾀죄죄한 꼴이 잘 어울려."

"…………."

돌려줄 말은 바로 떠오르지 않았다. 왜냐하면, 그건 계속 미요가 마음속 어딘가에서 느끼던 바였기 때문이다.

값진 물건을 받고 주눅이 들었던 것도 결국은 그게 자신에겐 맞지 않는다고 느꼈기 때문이다.

고개를 숙이자 불현듯 누군가가 미요의 바로 앞까지 다가왔다.

짝. 한쪽 뺨에 강한 충격이 퍼지자 미요는 짧은 비명을 지르며 쓰러졌다.

"너 때문이야!"

소리치는 목소리는 새어머니의 것이다. 그녀가 든 부채로 때린 모양이었다.

머리에 웅웅 울리는 이 말도 무척 익숙하게 들어왔다. 마치 모든 책임을 미요에게 떠넘기는 듯한, 옛날부터 자주 듣던 말이다.

"너 때문에 내 인생이 또 망가졌어!"

"……으, 윽."

반사적으로 사과가 입 밖으로 튀어나올 뻔했으나 직전에 삼켰다.

"그 나이까지 키워준 은혜가 있는데, 시집가자마자 원수로 갚으려 하다니. 정말로 몹쓸 아이구나!"

"…………."

자신은 모르는 일이라고 주장하려고 해도 새어머니의 악귀 같은 얼굴을 보니 아무 말도 할 수 없어졌다.

무슨 말을 해도 소용이 없었다. 지금까지, 계속.

"정말 끔찍해라. 너는 얌전히 사용인 흉내라도 내고 있어야 했어! 쿠도가 같은 곳에 가니까 건방져져서는……!"

일어나지 못하고 바닥에 쓰러져있는 미요의 몸에 카노코의 발이 처박혔다.

"윽……."

옆구리와 어깨 부근을 몇 번이나 세게 짓밟다가 간신히 물러난다 싶더니, 이번에는 흐트러진 머리카락을 우악스럽게 움켜쥐고 머리를 잡아당겼다. 카야와 카노코의 성난 표정이 눈앞에 나란히 놓였다.

"쿠도 님의 약혼자 자리에서 물러나렴."

"……!"

새어머니의 입에서 튀어나온 말은 미요를 얼어붙게 만들었다.

"그래, 언니! 언니에게 쿠도 님의 아내는 짐이 너무 무겁잖아. 나와 바꿔줄 거지?"

카야도 기다렸다는 양 끼어들었다.

미요는 막연하게, 머릿속의 냉정한 부분으로 두 사람이 하는 말을 이해하기 시작했다.

요컨대 얕잡아보고 멸시하던 미요가 쿠도가에서 잘 지내는 게 마음에 들지 않는다는 뜻이다. 어차피 결혼까지

갈 수 있을 리 없다고 깔보고 있었는데 예상과 다른 결과가 나올 것 같아서 초조해졌다는 얘기다.

"너는 길거리에서 죽어 나자빠졌어야 했어. 이 분수도 모르는 것이."

"……끅."

붙잡힌 머리카락이 당겨서 두피가 아프다. 처음 맞았던 뺨도 열이 나며 욱신거린다. 미약하게 나는 피 맛……. 입 안이 찢어진 모양이다.

"알겠니? 네 쪽에서 쿠도 님께 혼담을 거절하는 거야. 이런 값진 옷을 사 달라고 부탁할 수 있을 정도니까 혼담을 없었던 것으로 해 달라고 부탁하는 것도 간단하지?"

"안심해, 언니. 내가 그 뒤에 쿠도 님과 약혼할 거니까. 그러면 언니에겐 코우지 씨를 돌려줄게."

"…………."

여기서 포기하는 건 무척 간단하다.

빼앗겨도 불평 한마디 하지 않는다. 조금이라도 빨리 폭풍이 지나가도록. 그렇게 살아남았다. 그게 편했다. 무언가에 집착해서 아픔이나 고통이 오래 가는 게 미요에게는 더 힘들었으니까.

지금도 마찬가지로 바로 포기하고 키요카의 약혼자 자리를 양보하겠다는 한마디만 한다면 해방될 것이다.

또 사용인처럼 마음을 굳게 봉인하고, 혼자서 뭐든 다 하고. 낮은 지위에 안주하며 살아가는 게 풍랑도 없다. 전에는 그렇게 생각했, 었는데.

"……니, 다."

"어머, 뭐라고?"

"싫, 습…… 니다."

양보할 수 없다. 그 집을, 그 사람을. 포기할 수 없다.

어머니의 유품도 빼앗긴 뒤 얼마 후에는 포기했다. 하지만 그 사람 옆에 있는 건 미요이길 원한다. 아무에게도 양보하기 싫다.

"그런, 부탁은, 못 합니다."

미요는 통증을 참으며 두 사람을 똑바로 바라보았다. 그 눈은 이미 흔들리지 않고, 얼굴을 돌리지도 않았다.

새어머니는 미요의 그런 태도에 한층 표정을 일그러트렸다. 머리카락을 더 강하게 붙잡으며 확 끌어당기더니 또 부채를 휘둘렀다.

"어디서 말대꾸를 해!"

바닥에 쓰러지면서 어깨를 강타하는 바람에 격통이 퍼졌지만, 이를 악물고 버텼다.

"입장을 생각해야지! 너는 결함품이야. 카야와 달리 견귀의 재능도 없고 장점도 하나도 없지 않니. 그런 집안의 수치인 너를 쿠도 님의 아내로 보내다니, 처음부터 잘못 되었던 거야!"

"언니, 왜 그래? 좋지 않아? 이 사이모리가도 코우지 씨도 손에 넣을 수 있는걸. 언니는 계속 그걸 바랐잖아."

"저는……."

이제 무슨 말을 들어도 자신의 의사를 굽히지 않는다.

공포도 두려움도 전부 삼키고 마음속 깊은 곳에 가려둔다. 미요는 정면으로 새어머니와 이복동생 두 사람을 노려보았다.

"제가, 낭군님의, 쿠도 키요카의 약혼자입니다. 절대로, 양보할 수 없어요!"

미요의 외침에 카노코는 새빨개져서 다시 손을 휘둘렀다.

❀ ❀ ❀

"도착했다."

키요카가 운전하던 자동차가 어느새 사이모리가의 문 앞에 정차했다.

코우지는 키요카를 따라 서둘러 차에서 내린 뒤 그와 함께 커다란 문을 우러러보았다.

이미 날도 저물었고 하늘에는 먹구름이 끼어서 괜히 더 주위를 어둡게 물들였다. 그 속에서 굳게 닫힌 고풍스러운 문이 묘한 존재감을 발하고 있었다.

"어떻게 하실 거죠? 그냥 불러도 모르는 척하면——."

"문제없다."

아주 잠깐의 주저도 없었다.

짤막한 대답과 함께 키요카가 한쪽 손을 들어 올리자, 그 순간 굉음과 섬광이 시각과 청각을 빼앗아 갔다.

"큭……!"

바로 앞에 벼락이라도 떨어졌나 했는데——.

——아니, 떨어진 게 맞았다.

먼저 후각이, 나무를 태우는 매캐한 냄새를 잡았다. 이어서 짧은 시간이지만 마비되었던 시각이 돌아오자 새카만 숯덩어리가 되어 무너진 '문이었던 무언가'를 보여주었다.

어마어마한 위력의 이능.

번개를 조종하는 이능인 걸까. 들어본 적은 있으나, 설마 이 정도일 줄이야……. 상상을 가볍게 능가하는 수준이다.

"가자."

"아, ……아, 네."

어안이 벙벙해진 걸 넘어서 미약한 경외감조차 느낀 코

우지는 허둥지둥 뒤를 따라갔다.

그때 얼핏 스쳐 간 눈동자 안쪽에 매서운 분노가 깃든 게 보였다. 키요카의 푸른빛이 도는 옅은 색의 눈동자가 마치 새빨갛게 불타는 듯한—— 그런 착각을 일으킬 정도로 짙고 강렬한 분노.

'화난, 건가?'

계속 무표정인 건 그가 미요를 빼앗긴 것에 아무런 감정도 느끼지 않기 때문인 줄 알았다. 늦고 평탄한 목소리는 그가 냉혈한 인간이기 때문이라고 여겼다.

코우지는 그 등을 향해 물어보려다가 입을 다물었다.

지금 물어본다고 해도 의미는 없다. 어차피 대답은 돌아오지 않을 테고, 이대로 가다 보면 알기 싫어도 알게 될 것이다.

온갖 것들을 삼키며 코우지는 잰걸음으로 키요카의 뒤를 좇아갔다.

문을 파괴했을 때의 터무니없는 굉음과 충격은 당연하게도 사이모리가의 사람들에게 크나큰 혼란을 부른 모양이었다.

사용인을 비롯하여 집의 주인인 사이모리 신이치마저 불타버린 문을 확인하고는 넋을 놓았다가 정신을 차리고 우왕좌왕했다. 성큼성큼 자신의 집인 양 부지 안을 활보

하는 키요카와 코우지에게 뭐라고 하는 사람도 없다.

그래도 가장 먼저 정신이 돌아온 신이치가 당황하면서도 말을 걸었다.

"쿠도 님……! 기다려주십시오, 이건 대체!"

"미요는 어디 있지, 사이모리 님."

"!"

숨을 삼킨 신이치의 안색은 몹시 나빴다. 당장에라도 쓰러질 듯 흙빛이 되었고, 식은땀이 끊임없이 흘렀다.

"미, 미요는…… 그 아이는……."

"——미요라면 이제 쿠도가에는 돌아가지 않는다."

신이치의 말을 가로막은 건 뒤쪽에서 천천히 걸어온 미노루다.

"아버지! 당신이란 사람은!"

울컥하여 앞으로 나선 코우지를 키요카가 제지했다.

"내 약혼자는 어디 있냐고 물었는데."

"물어서 어쩔 셈이지? 미요는 이제 당신과는 만나지 않겠다고, 돌아가지 않겠다고 했다."

"본인의 의사는 본인에게 묻고 확인한다. 말할 생각이 없다면 거기서 비켜."

키요카와 미노루는 서로를 노려보며 둘 다 한 걸음도 물러나지 않았다.

아버지와는 완전한 적대관계가 된 코우지지만, 몸이 덜덜 떨릴 정도로 분노를 드러낸 키요카와 진심으로 마주 노려볼 수 있는 그 배짱에는 감탄했다. 동시에 아버지가 얼마나 절실히 미요를 원하는지 알게 된 느낌이 들었다.

"거절한다. 억지로라도 지나갈 생각이라면, 이쪽에서도 가만히 있을 수 없지. 불법 주거침입으로 신고할 수도 있다."

"하고 싶다면 마음대로 하도록. 힘을 써서라도 지나갈 테니."

그렇게 선언한 키요카는, 그러나 아무런 실력행사도 하지 않았다.

허리에 찬 군용 검도 뽑지 않고, 이능을 사용하는 기색조차 없다. 그저 맹렬한 살기를 휘감고 천천히 걸어간다.

마음이 급해진 것은 신이치와 미노루 쪽이었다. 이대로 순순히 들여보낼 수는 없다며 곧바로 결계를 쳐서 앞길을 가로막았다. 하지만 걸림돌조차 되지 않았다.

당대 최강이라 일컬어지는 이능력자는 특별한 움직임은 아무것도 하지 않았다. 그저 곧게 걷고 있을 뿐. 그럼에도 실전경험도 있는 미노루나 신이치의 주술이 마치 종이라도 찢는 것처럼 허망하게 깨졌다.

실제로 대치하는 아버지들에게는 무섭다는 표현조차

부족한 심정일 터이다.

압도적인 강자를 앞에 둔 공포, 경외.

뒤에서 쫓아가는 게 전부인 코우지조차 핏기가 사라졌으니까.

"……큭, 역시 쿠도가 당주인가……."

마침내 키요카는 미노루와 신이치, 두 사람의 이능력자의 눈앞에 도달했다. 궁지에 몰린 그들은 각자 완전히 다른 행동을 했다.

주먹을 쥐고 덤벼든 미노루는 팔을 붙들려서 그대로 내동댕이쳐지고, 반걸음 뒤로 물러난 신이치는 키요카의 날카로운 안광을 정면으로 받더니 비틀비틀 주저앉고 말았다.

싸움조차 되지 않는다.

어른과 어린이를 넘어서, 어른과 유아 정도의 실력 차.

'말도 안 돼. 이건…….'

같은 이능력자로서 임무를 경험한 사람 사이에 이렇게까지 큰 차이가 난다는 말인가.

이쯤 되니 부러움조차 솟지 않았다. 모든 것을 이토록 간단히 파괴하고, 쓰러트리는 키요카의 모습은 코우지의 눈에는 소문 그대로 냉혹하며 무자비한 마신처럼 비쳤다.

한편, 아군이라면 이토록 든든한 사람도 거의 없다.

코우지는 바닥에 쓰러진 자신의 아버지와 소꿉친구의 아버지를 슬쩍 살폈다. 하지만 바로 거북함을 느끼고 익숙한 사이모리 저택 안을 걸어갔다.

저택은 넓다. 목조로 된 1층 가옥으로, 안에는 긴 복도가 뻗어있다.

어느 복도를 지나가도 거의 반드시 아담한 전통 정원을 즐길 수 있도록 설계되어 있다. 따라서 이 집에는 안뜰만 해도 소규모의 정원이 여럿 존재하며, 더욱이 뒷뜰도 있다.

옛날에는 그런 독특한 구조의 저택을 한번 구경할 가치가 있다며 평판이 자자했다고 들었다.

"타츠이시 코우지, 미요가 있을 법한 장소로 짐작 가는 곳이 있나."

앞서 걷는 키요카가 돌아보지도 않고 물었다. 코우지는 다급히 머릿속에서 몇 가지 가능성을 꼽았다.

"미요가 사용하던 사용인용 방…… 은 아닐 테고."

카야나 카노코가 미요 옆에 있으리라는 걸 고려하면 말이 안 되는 선택이다. 그녀들이 자발적으로 사용인용 방에 갈 리가 없다.

그럼 미요가 옛날에 사용했던 방? 아니, 그 방은 미요의 친모가 사용하던 방과 붙어있기 때문에 카노코가 싫어한다.

애초에 오래된 집이다. 사람을 가두기에 적합한, 완전히 격리된 공간은 거의 없다. 감옥이라도 만들었다면 별개지만――.

"아…… 어쩌면 뒤뜰의 광일지도."

"뒤뜰?"

"네, 뒤뜰에는 거의 사용하지 않는 오래된 광이 있을 겁니다. 어쩌면."

그곳이라면 밖에서 잠글 수도 있다. 생각할수록 거기밖에 없는 것 같다.

키요카도 같은 생각을 한 건지 고개를 끄덕였다.

"안내해라."

"네."

"아니, 잠깐. ……뒤!"

흠칫 놀라서 돌아보았다. 불꽃의 회오리가 이쪽으로 육박하고 있었다.

――어째서.

이능의 불꽃. 이건 아버지의 이능 중 하나다. 필사적인 얼굴로 쫓아온 듯한 아버지가 불꽃 저편에 서 있다.

코우지는 그저 멍하니 다가오는 열 덩어리를 바라볼 수

밖에 없었다. 반응이 따라잡지 못해서, 아니, 설령 반응할 수 있었다고 해도 막을 방법이 없다.

"이런 곳에서 불을 사용하다니. 얼마나 어리석을 셈인 거지."

못마땅한 중얼거림과 동시에 키요카가 전개한 보이지 않는 벽이 코우지와 불꽃 사이를 가로막았다.

"결계……."

우선 안도한 것도 잠시, 결계에 부딪쳐서 좌우로 갈라진 불꽃은 장지로 옮겨붙은 것만이 아니라 그대로 불똥을 흩뿌렸고, 그 바람에 안뜰의 나무를 태우며 불이 퍼져나갔다.

"이 무슨."

코우지는 눈을 가리고 싶어졌다.

미노루의 집념의 불꽃이 차례차례 주위를 삼켜나갔다.

나무로 된 집 안에서 그 정도의 위력을 지닌 불을 사용하면 어떻게 되는지. 어린아이도 아는 상식이다. 경악한 사이에 무언가가 튕겨 나가는 듯한 소리와 함께 미노루가 쓰러졌다.

뭐라 말할 수 없는 감정이 코우지의 가슴을 오갔다.

키요카가 막지 않았다면 코우지는 죽었다. 아버지는 자신의 아들이 타 죽어도 상관없었던 것이다.

"가볍게 감전시켜서 기절시킨 것뿐이다. 서둘러. 우물쭈물하면 불 사이에 갇힌다."

자신들의 목적은 미요를 구출하는 것. 아버지들과 결판을 내는 것도 아니고, 하물며 소방 활동도 아니다.

아버지와는 이미 사실상 연을 끊었다. 코우지도 마음을 다잡고 나아가야 한다.

코우지가 미노루를 완전히 버린 것은 이 순간이었다.

❀ ❀ ❀

별안간 사이모리 저택에 울려 퍼진 굉음과 충격.

그건 떨어진 장소에 있는 광에도 전해졌다.

"뭐지? 지금 이건……."

놀라는 새어머니와 이복동생.

두 사람의 주의가 다른 곳으로 향하자 잡고 있던 손에서 힘이 빠지며 미요는 무릎을 꿇고 쓰러졌다.

"보고 와."

카노코가 말없이 대기하고 있던 사용인에게 지시했다.

그 목소리가 유독 아득하게 들린다. ——미요의 의식은 흐릿했다.

얻어맞은 어깨는 이미 팔까지 마비되어 감각이 없었다.

뺨을 맞았을 때의 충격 때문인지 시간이 지날수록 머리도 안개가 낀 것처럼 흐릿해졌다.

"네년이 뭘 한 거냐?"

새어머니가 미요를 부르는 호칭에 욕설이 섞였다. 그런 아무래도 상관없는 것을 머리 한구석에서 생각했다.

"저, 는."

뭘 했냐니, 무슨 소리일까. 묶여서 갇힌 몸으로는 아무것도 하지 못하는데.

"어머니, 빨리 언니에게——."

"알고 있어. 말하렴. '저는 쿠도가의 혼담을 거절합니다'라고."

역시 새어머니의 목소리가 아득하다.

"싫, 습…… 니다."

머리가 둔해서 거의 아무런 생각도 할 수 없다. 그래도 미요는 계속 거부했다.

고개를 끄덕이면 안 된다. 오직 그 생각만이 미요 안에서 버팀목이 되어 예전에는 있을 수 없던 반항적인 태도를 보이게 해 주었다.

"고집 그만 부려! 분수를 알고 물러나라고 몇 번을 말해야 하는 거니!"

새빨개진 얼굴로 화내는 카노코는 결국 그 하얀 손을

미요의 목으로 가져갔다.

뇌리에 죽음이라는 글자가 떠올랐다가 사라진다. 괴로움은 느끼지 않는다. 하지만, 분명 이대로 목을 졸리면 언젠가는 죽음이 올 것이다.

아아, 그러고 보면 전에는 계속 그렇게 숨이 끊어지는 걸 기다렸다.

괴롭고 슬퍼서, 겨우겨우 살아남는 것에도 지쳐서. 자신이 있을 곳은 어디에도 없다고 생각했으니까.

하지만 아니었다. 있었다. ——그 사람 옆에.

"절, 대…… 로, 말 못합, 니다."

미요의 말에 카야의 표정은 한층 짜증을 내며 일그러지고, 카노코는 손에 더욱 힘을 주었다.

낭군님. 저는 절대로 굴하지 않았습니다. 사과조차, 하지 않았습니다.

곁에서 떨어지고 싶지 않습니다. 아직 죽고 싶지 않습니다——.

"낭군, 님……."

"미요!"

어둑한 광 안에서 자신을 부르는 목소리를 들었다. 계속, 계속 기다렸던. 가장 듣고 싶었던 목소리.

"쿠도, 님."

경악해서 눈을 부릅뜨는 새어머니의 손이 떨어지고 미요는 다시 그 자리에 주르륵 쓰러졌다.

"미요."

키요카는 주변에는 눈길도 주지 않고 미요에게 달려오더니 밧줄을 풀고 엉망으로 다친 몸을 부축했다.

——아아, 정말로 와 주었다. 자신 같은 걸 위해, 일부러 이런 곳까지.

미요는 눈물이 글썽거리는 눈으로 콜록대면서 크게 안도했다.

키요카를 의심했던 건 아니다. 다정한 그라면 반드시 구하러 올 것이라 믿었다. 그런 사람이다. 이 사람은.

"낭, 군, 님……."

"이제 괜찮아."

고통스러운 듯, 어딘가 울 것 같은 표정은 어쩌면 아마도 처참할 미요의 얼굴을 보았기 때문일까. 그렇다면 미안하다. 보기 흉한 것을 보여줘서.

하지만 이건 분명 부끄러운 상처가 아니다. 처음으로 부당함에 굴복하지 않은, 자랑스러운 상처다. 미요가 가족을 상대로 처음으로 자신의 의사를 관철했다는 증거이니까——.

품속에서 눈을 감고 의식을 잃은 약혼자를 키요카는 고이고이 안아 들었다.

제법 무게가 나가는 기모노를 입고 있는데도 불구하고 그녀의 몸은 지금 무척이나 가벼웠다. 맞은 건지 뺨에는 길쭉하게 부르튼 자국이 선명해서 건드리는 것조차 망설여질 정도다.

그 모든 것의 원흉들이 이 자리에 있다.

"……이렇게 될 때까지 무슨 짓을 했지."

"……!"

조용히 질문하자 사이모리 부인과 그 딸의 어깨가 흠칫 떨렸다.

이만한 짓을 해 놓고 설마 자신들에게 아무런 죄도 묻지 않고 넘어갈 거라 생각하고 있었던 걸까. 두 사람의 창백한 얼굴을 보고 키요카는 분노했고, 기가 막혔다.

"저항하지 않는 인간에게 이렇게 심한 상처를 입히면서까지 무슨 짓을 하려고 했지?"

"그건."

카노코는 아무 말도 못 하는 건지 분한 듯 입을 다물었다. 하지만 카야 쪽은 아직 포기하지 않은 모양이었다.

"저는 나쁘지 않습니다."

카야는 얼굴을 들고 키요카의 품에 있는 미요를 노려보

았다.

"저는 그저 잘못을 바로잡으려고 생각한 것뿐이에요."

"잘못?"

"그래요. 언니가 쿠도가에 받아들여지다니 말이 안 되잖아요. 아무리 생각해도 잘못된 일이에요. 언니는 아무것도 못 해요. 견귀의 재능도 없고, 똑똑하지도 않고, 외모도 볼품없고. 사용인으로서도 무능해요. 그런 사람이 아무것도 하지 않고서 저보다 위에 간다고요? 이상하잖아요. 무언가 잘못된 거예요."

"…………."

"아버지도 어머니도 제가 최고라고 하셨어요. 언니와는 천지 차이라고. 그렇다면 제가 쿠도가 당주의 아내가 되는 게 옳죠. 타츠이시 아저씨도 맞는 말이라고 해 주셨어요."

카야는 진심으로 화내고 있었다. 잘못된 건 자신이 아니라고, 반론이 아니라 바른 주장을 하고 있을 뿐이라고 조금도 의심하지 않는다. 미요를 미워하는 것도 그건 결코 엉뚱한 원한이 아니라 당연히 자신에게 있어야 할 권리가 무시당했기 때문이라고 그녀 안에서 결론이 나와 있기 때문이다.

부모가 왜곡된 인식을 주입하며 키웠으리라. 그건 동정

하지만, 그렇다고 해서 모두 용서할 수 있을 만큼 키요카의 분노는 무르지 않다.

"쿠도 님, 틀림없이 언니보다 제가 더 도움이 될 거예요. 모든 부분에서 제가 더 뛰어나니까요. 그러니——."

"닥쳐."

"!"

날카롭고 차가운 안광에 꿰뚫린 카야는 공포를 느끼고 말을 삼켰다.

차마 들어주기도 힘든 궤변이다. 자신의 행동을 정당화하는 게 아니라, 진심으로 자신의 정당성을 믿고 호소한다는 점에서 더욱 질이 나쁘다.

"이 이상 네 이야기를 들어주는 건 시간 낭비다."

"어째서……! 어째서 몰라주시는 거죠? 너무하세요!"

어디서 너무하다는 소리가 나온단 말인가. 이젠 황당해서 지적할 기운도 없었다.

무엇보다 저택에 난 불이 여기까지 넘어오는 것도 시간문제기 때문에, 여기서 무의미한 논의를 이어갈 수는 없었다.

"마님, 카야 아가씨! 화재입니다! 불이, 이쪽까지……!"

상황을 살피라고 보냈던 듯한 사용인이 마침 허둥지둥 달려왔다.

그리고 그때까지 침묵하던 코우지가 카야에게 다가 갔다.

"카야, 여기는 위험해. 카노코 씨도. 밖으로 피난해야 합니다."

"……저택이……. 설마, 그럴 리가."

카노코는 저택이 불타는 것에 무척 충격을 받은 모양이었다. 구르기라도 할 기세로 광에서 나가 검은 연기로 뒤덮인 안채를 보고는 비명을 질렀다.

"이런, 이런 일이…… 내 집이……!"

키요카는 이미 주위에는 신경을 끄고 미요의 몸을 안고서 낡은 광을 나가려 했다. 그 소매를 카야가 붙잡아 멈춰 세웠다.

"기다려주세요! 쿠도 님, 부디——."

짜증 난다. 카야의 손을 뿌리치고 살기를 담아 노려보았다.

"네 시시한 자기 자랑은 이제 지긋지긋해. 얼굴, 재능, 그런 건 상관없다. 내가 너처럼 오만한 여자를 선택하는 건 천지가 뒤집혀도 있을 수 없어. 비켜라."

주눅이 들어 뒷걸음질 치는 카야를 돌아보지도 않은 채 키요카는 빠른 걸음으로 광에서 나갔다.

무의식인 건지, 키요카의 뒷모습을 향해 계속 손을 뻗는 약혼자를 코우지가 제지했다.

"우리도 빨리 피난하자."

"싫어, 어째서? 어째서 내가 저런."

"아무튼, 빨리."

"건드리지 마!"

코우지가 팔을 잡고 억지로라도 끌어당기려고 한 순간, 카야가 격양해서 소리쳤다.

"어째서 이렇게 되는데? 나는 틀리지 않았어!"

"카야."

광 밖에는 '이렇게 된 것도 전부 그 계집 때문이야!'라며 요란을 피우는 카노코의 목소리가 울렸다.

코우지는 정말로 지긋지긋했다. 크게 한숨을 내쉰 뒤 카야를 억지로 끌고 나갔다. 싫다고 발버둥 치는 약혼자의 말도 상대하지 않고, 밖에서 아우성치는 카노코도 강제로 데려가기로 했다.

"이거 놔! 싫어, 이제 그냥 내버려 둬!"

"시끄러워!"

"……윽. 뭐야, 코우지 씨는 언니를 좋아하잖아?! 나 같은 건 내버려 두고 혼자서 도망치라고!"

코우지는 완전히 머리에 피가 올라 있었다. 이런 여자

를 왜 구해야만 하는 건지 짜증이 나서 견딜 수가 없다.

하지만.

"그래, 맞아! 네 말대로 내게 제일 소중한 건 미요야. 당연하잖아. 하지만 너 같은 거라도 죽으면 미요는 슬퍼할 테지. 또 상처가 늘어나게 돼! 너의, 너희들 가족 때문에!"

이런, 쓰레기 같은 가족에게 상처받아 울상을 짓는 미요를 다시는 보고 싶지 않다.

그래서 코우지는 자신이 할 수 있는 일을 한다. 싫어하는 인간이라고 해도 구한다. 그게 미요의 마음을 평온하게 해 준다면.

기본적으로 온화했던 약혼자의 격심한 분노를 마주하자 카야는 말없이 고개를 숙였다. 그리고 그 후로 불타오르는 저택에서 탈출할 때까지 한마디도 하지 않았다.

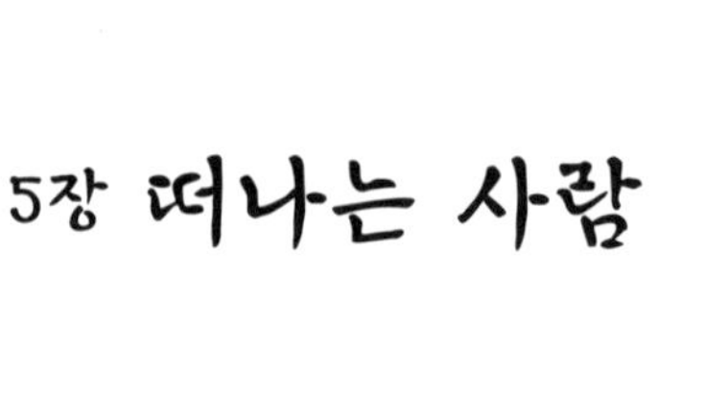

5장 떠나는 사람

또 그 벚나무다. 미요는 꿈을 꾸고 있었다.

"어머니."

사이모리가의 저택 안뜰에 있는 벚나무. 그 밑에 벚꽃색 기모노를 입은 어머니가 웃는 얼굴로 손짓하고 있다.

비틀. 미요는 홀린 듯이 한 걸음 앞으로 나왔다. 한 걸음, 또 한 걸음 발을 움직였다. 하지만 역시 지난번과 마찬가지로 어머니에게 다가가지는 못했다.

"어머니, 저는."

그쪽으로 가고 싶어요. 그렇게 말하려다가 멈추었다.

『미요.』

누군가가 미요의 이름을 부른다. 그 목소리에 대답해야만 한다.

"어머니, 또 만나요."

여전히 손짓하는 어머니를 향해 미요는 등을 돌렸다.

미요가 완전히 익숙해진 쿠도가의 자기 방에서 의식을 되찾았을 때는 모든 게 끝난 뒤였다.

의사의 진찰에 의하면 상처는 대부분 타박상이라고 하지만, 강도가 심한 것도 있어서 며칠 동안 안정하라고 당부했다.

그동안 일도 하는 둥 마는 둥 키요카가 손수 돌봐주었기 때문에 어쩐지 송구하면서도 기쁜, 이러지도 저러지도 못하는 기분을 맛보게 되었다.

유리에는 미요가 무사해서 다행이라며, 수분이 다 빠져나가서 죽는 게 아닌지 걱정될 정도로 계속 울었다. 하지만 훌쩍이면서도 미요를 돌보는 키요카의 시중을 들던 모습을 보면 역시나 유리에라 할 수 있었다.

또 그 후 본가가 어떻게 되었는지도 들었다.

“전소, 라고요…….”

“그래.”

키요카의 표정은 딱딱하다.

“목조 건물에다 정원이 많은 게 화근이 되었다. 순식간이었지.”

타츠이시 미노루가 사용한 이능의 불꽃을 막지 못했다.

사망자가 나오지 않은 게 불행 중 다행이다.

"그래서 네 부모 말인데……. 사용인을 대부분 해고하고 지방에 있던 저택으로 옮긴다고 한다. 그곳에서는, 뭐, 여태까지와는 비교가 되지 않을 만큼 가난하게 생활하겠지. 이걸 계기로 사이모리는 업계에서 물러나게 될지도 모른다. 실질적으로 몰락한 셈이지."

"몰락……."

썩 와닿지 않았다. 지금까지 명가라는 것에서 받은 혜택이 없었기 때문일까.

"그건, 카야도?"

"아니, 특별히 엄격하기로 유명한 가문에서 고용살이를 하게 되었다. 아직 어리니까 조금은 이리저리 치이면서 세상을 알아두는 게 좋을 테지."

그녀에게는 견귀의 재능은 있으나 어설픈 주술을 쓸 수 있다는 것 말고 이능은 없기 때문에 외부에 맡겨도 위험하진 않을 것이다.

우선은 다들 갈 곳이 있는 모양이라 미요는 안도했다.

"그럼 타츠이시가는……."

"타츠이시 미노루가 어떤 일을 저질렀는지 공표되지 않았어. 법적으로 처벌을 받지는 않지만, 책임을 지고 당주 자리를 장남인 타츠이시 카즈시에게 넘겼다. 새 당주는——

우리 집안의 감독하에서 행동을 제한당하는 걸 받아들였다. 이로서 사실상 타츠이시가는 쿠도가의 휘하에 들어온 셈이지."

"그렇, 습니까."

물론 미요를 다치게 하고 괴롭게 만든 그들에게 키요카가 아무런 대응도 하지 않았을 리가 없다. 각각 처분이 키요카에 의한, 마치 중죄인을 상대하듯 엄격하고도 협박 같은 교섭 끝에 정해졌다는 건 미요에게는 의도적으로 숨겼다.

지위도, 집도, 호화로운 생활도 완전히 잃어버려 빈껍데기처럼 된 그들이 제대로 생활할 수 있을지 의문이지만 그건 이쪽이 걱정할 일이 아니라며 키요카는 신랄하게 넘겼다.

그렇게 며칠이 눈 깜짝할 사이에 지나갔다.

"몸은 괜찮나?"

"네. 괜찮습니다. 그리 심한 상처는 아니었으니까요……."

미요는 키요카의 손을 빌려 자동차에서 내렸다. 조금 구름이 많은 하늘은 햇살이 약해서, 초여름치고는 선선했다.

지금 두 사람은 불타버린 사이모리가에 찾아왔다.

내일에라도 철거가 시작된다는 이야기를 듣고 그 전에

꼭 오고 싶다고 미요가 부탁했기 때문이다. 처음에 키요카는 다시는 미요를 여기에 오게 할 마음이 없었던 건지 조금 언짢아했는데, 결국 마지못해 고개를 끄덕였다.

미요는 여기서 꼭 확인하고 싶은 게 있었다.

"발밑을 조심해."

"네."

나고 자란 본가는 흔적도 없이 타버렸다.

가까스로 군데군데 기둥이나 토대가 남아있으나, 본래의 구조도 알아볼 수 없을 만큼 새카만 숯덩어리가 되어버렸다.

그렇게 계속 살던 사람조차 어디가 무슨 방이었는지 헷갈릴 만큼 흔적도 없어진 저택이었기 때문에 미요는 크게 감상에 젖지 않고 앞으로 걸어갈 수 있었다. 조금 쓸쓸함을 느꼈지만, 그 이상은 없다.

그리 의지할 게 못 되는 기억을 더듬어 목적지로 향했다.

키요카는 미요가 넘어지지 않도록 주의를 주고, 가끔 손을 빌려주면서 묵묵히 따라갔다.

미요가 향한 곳은 사이모리가에 여럿 존재하던 안뜰 중 가장 넓은 곳이다.

여기에는 옛날에 벚나무가 한 그루 서 있었다. ――예의 어머니의 나무다.

시들어서 말라버렸지만 그루터기는 그대로 남아있다. 그것도 이 안뜰이 보이는 건 원래 어머니가 지내던 방과 미요가 어릴 때 사용하던 방이 있는 일부 구역뿐, 벌써 몇 년이나 청소하는 사람 말고는 아무도 접근하지 않았기에 안뜰도 정비하지 않고 그대로 내버려 두었기 때문이다.

당연히 그루터기 자체에는 이미 생명력 없이 회색으로 말라붙어있었다.

잠든 사이에 꿨던 그 꿈.

이전과 마찬가지로 벚꽃색 기모노를 입은 어머니가 나무 아래에서 손짓했다. 그게 자꾸만 신경 쓰여서, 마지막에 이렇게 살펴보러 온 것이다.

회색이었던 그루터기는 불에 타서 새카매졌지만 그럼에도 아직 형태를 유지한 채 존재하고 있다.

미요가 그루터기 앞에 쪼그려 앉자 키요카도 그 옆에 앉았다.

"이건가?"

"네. ……어머니가 시집오실 때 심은 벚나무입니다."

미요도 오랫동안, 이 정원에는 와 보지 못했다. 어릴 때 이미 베여버린 나무라고 해도, 그 안쓰러운 모습은 잃어버린 수많은 어머니의 흔적과 겹쳐 보였다.

그렇게 한층 더 그녀를 고독하게 만들었다.

천천히 손을 뻗어 손끝으로 만져보았다.

오랫동안, 이 정원에 남아있던 끈질긴 그루터기가 마치 모래성처럼 파스스 무너져버렸다.

그때.

"……!"

순간 따끔한 무언가—— 날카로운 통증 같은 충격이 미요의 머릿속을 스쳐 갔다.

신음을 낼 짬조차 없었다. 정말, 눈 깜짝할 새도 없었을 만큼 찰나 간에 일어난 일이라 미요 자신도 착각인지 의심스러울 정도였다.

"왜 그래?"

"앗, 아뇨……."

놀라고 당황해서 거둔 손을 잠깐 배회하다가 모아쥐었다.

분명 아직 몸이 덜 회복된 것이다. 미요는 홀로 수긍한 뒤 일어났다.

"이제 됐나?"

"네."

이로서 이곳에 어머니가 계셨다는 증표는 미요의 몸뚱이 하나만 남게 되었다.

'하지만, 괜찮아.'

분명 어머니는 마지막이니까 미요를 이 장소에 부른 것이다. 미요가 앞으로 나아갈 수 있도록.

이제부터 앞을 향해 나아간다. 과거를 버릴 생각은 없지만 여기서 마침표를 찍고 나아간다.

과거의 행복에 매달리지 않아도 새로운 행복을 얻을 방법을, 미요는 이미 갖고 있으니까.

문이었던 장소를 지나 길로 나오자 그곳에는 아는 사람이 기다리고 있었다.

"……코우지 씨."

이름을 불린 코우지는 눈썹을 팔자로 휘며 다소 겸연쩍은 듯 웃었다.

"미요. 그, 오랜만이야……."

"그렇, 네요."

지난번 사이모리 가에서 일어난 사건을 제외하면 그와 마지막으로 만난 것은 미요가 거리에서 우연히 카야와 마주쳤을 때이니, 한 달은 지났다.

심지어 그때는 서로 대화를 나누지 않았으니 더욱 오랜만에 만난 것 같은 느낌이 들었다.

"몸은 괜찮아?"

"네. 덕분에."

"다행이다. ……잠시, 대화할 수 없을까. 나도 이 도시에 있는 건 얼마 안 남았으니까, 이게 마지막 기회라고 생각하거든."

미요가 비교적 일찍 구출된 것은 코우지 덕분이라고 들었다. 인사도 하고 싶었기에 미요에게는 마침 반가운 제안이었으나 키요카가 반대한다면 억지로 조를 수는 없다.

그렇게 생각하며 옆에 있는 약혼자를 흘끗 올려다보자 그는 크게 한숨을 쉬며 고개를 끄덕였다.

아무래도 허가해준 모양이다.

"알겠습니다."

"고마워. 그럼 잠깐, 이동할까."

두 사람은 가까이 있는 그늘진 낮은 돌계단에 나란히 앉았다.

어릴 때는 이렇게 자주 놀던 도중에 쉬곤 했다. 어머니를 여의고 집에서 자신의 자리를 잃어버리고도 미요가 어떻게든 해나갈 수 있었던 건 코우지와 이렇게 보내는 시간이 있었기 때문이다.

계속 아군이 되어주었던 그에게 아무리 고마워해도 모자랄 정도다.

"……코우지 씨, 얼마 전에는 구하러 와 주셔서 감사합니다."

"천만에. ……라고 하고 싶은데, 나는 아무것도 안 했어. ——아무것도, 못 했어. 한심하게도, 쿠도 씨를 부르러 간 게 고작이었지."

코우지는 침울한 듯 어깨를 떨궜다.

"아뇨, 그래도 코우지 씨 덕분에 저를 일찍 구하러 갈 수 있었다고 낭군님께서 말씀하셨습니다."

"……그런 걸까. 그렇다면, 다행인가."

미요는 무언가 더 격려할 말을 찾으려다가 그만두었다.

분명 그는 실감이 담기지 않은 미요의 격려 같은 건 바라지 않는다.

"나는 계속 분했어. 아무것도 하지 못해서. 나는 이능을 갖고 있었지만 실제로 활용하기엔 부족했고, 우선 핏줄만 이어두면 그걸로 충분하다고 지금까지 포기했었지. 널 구하겠다고 하면서도 결국은 포기했던 거야."

설령 그렇다고 해도 대신 화내주는 코우지의 존재는 정말로 마음의 의지처가 되어주었다. 미요는 진심으로 그렇게 생각한다.

코우지가 없었다면, 아군이 아무도 없었다면. 지금쯤은 이미 이 자리에 없었을 터이다.

"그래서, 쿠도 씨에게 이미 들었을지도 모르지만 나는 나를 다시 단련하기로 했어."

진심으로 분해 보였던 코우지의 표정이 다음 순간 생생하게 빛났다.

코우지는 곧 옛 수도로 가서 이능력자로서 수행한다고 했다. 옛 수도에는 아직 유력한 이능력자 일족이나 이능과 관련된 것이 많이 남아있다. 제도보다도 수행하기 적합한 장소라나.

하지만 수행한다고 해도 카야와의 약혼은 백지가 되지 않았기에 사이모리가의 차기 당주라는 입장은 그대로. 그가 앞으로 어떻게 성장할지에 따라 사이모리가의 재부흥도 가능하다——고, 키요카가 말했다.

물론 불상사로 인해 지방으로 이사하게 된데다 이능을 사용하는 임무에서도 밀려난 사이모리가를 다시 바로 세우는 건 쉬운 일이 아닐 것이다. 어떻게 할지는 코우지가 직접 정할 일이다.

미요는 구체적으로 무언가 도울 수 있는 것은 아니나, 멀리서라도 응원은 할 생각이었다.

"열심히 노력할게. 너는…… 쿠도 씨가 지켜줄 테지만. 강해져서, 나도 지키고 싶은 걸 지키고 싶을 때 지킬 수 있도록."

"네."

미요가 나아가기로 정한 것처럼 코우지 또한 희망을 품

고 나아가기 시작한다.

지고 있을 수만은 없다. 장래 쿠도가의 신부로서 걸맞은 사람이 될 수 있도록, 미요가 해야 할 일은 얼마든지 있다.

은밀히 결의를 굳히고 있었더니,

“그리고, 말이야.”

“?”

코우지는 무언가 입이 잘 떨어지지 않는 듯 뺨을 긁적였다.

“그날 내가 말을 하려다가 못한 거…… 기억해?”

그날──이라면 아마도 미요가 키요카와 결혼하라고 명령받은 날. 그때의 일은 잘 기억하고 있다.

『나는, 너를──.』

코우지가 무슨 말을 하려고 했는지, 그때의 미요는 배려할 여유도 되물을 여유도 없었다. 자신의 장래가 어떻게 되어버릴지 불안과 절망으로도 버거웠기 때문이다.

지금이라면 어떤 내용이라 한들 분명 침착하게 들을 수 있다. 하지만 아마 코우지가 바라는 건 그 날 하지 못했던 말을 입에 담는 게 아니다.

그래서 미요는 이번에야말로 그가 원하는 대답을 돌려주기로 했다.

"아뇨, 뭐였는지……. 죄송합니다, 잊었습니다."
"잊었어?"
"네. 그, 중요한 말이었나요?"
"그렇구나……. 아니, 됐어. 조금도 중요하지 않은 말이니까. 그래, 그렇단 말이지."
거듭 고개를 주억거리는 코우지는 어딘가 마음이 편해진 듯한, 개운해진 표정을 짓고 있다.
그의 내면에서 무언가 결론이 나온 거라면 미요에게도 무척 기쁜 일이다.
"슬슬 돌아갈까. 너무 너와 오래 대화하면 쿠도 씨가 화낼 것 같으니까."
"네."
사이모리가 앞으로 돌아갈 무렵에는 둘 다 얼굴이 퍽 환해진 모양이었다.
돌아왔다고 말하며 종종걸음으로 달려간 미요의 머리 위에 키요카가 온화한 미소를 지으며 손을 올렸다.
"유익한 시간을 보낸 모양이로군."
"네. 기다리게 해서 죄송합니다."
"딱히 상관없어. 용건이 끝났다면 돌아가자."
미요는 마지막으로 한 번만 더, 코우지 쪽을 돌아보았다.

"코우지 씨. 언젠가 다시."

"그래. 또 만나자."

작게 웃으며 손을 흔드는 코우지를 향해 머리를 숙인 뒤 미요도 자동차에 탔다. 이제 미련은 아무것도 없다.

코우지는 떠나가는 자동차의 뒷모습을 계속해서 지켜보았다.

종장

미요와 키요카의 정식 약혼은 거의 서류에 이름을 적을 뿐인, 지극히 간단한 절차로 끝나버렸다. 결국 결혼이라는 단계가 아니라면 큼직한 건 전혀 바뀌지 않는다고 한다. 결혼 준비 기간에 들어갔다. 그것뿐이다.

미요의 본가인 사이모리가가 그런 상황이었기 때문에 패물 교환은 하지 않았다.

키요카의 양친은, 키요카가 말하길 '그 사람들은 은거 생활 중이니까 내버려 둬'라고 한다. 아무리 그래도 결혼 전에는 인사하러 가야 하지만, 당주가 키요카이기 때문에 딱히 허가도 필요 없다. 키요카는 이제 혼담을 가져오지 말라고 연락 한 번 넣은 게 전부인 모양이다.

그렇다. 이때 처음으로 미요는 이 혼담이 키요카의 아버지인 선대 당주에게서 들어온 것임을 알았다.

"선대는 늘 어딘가에서 혼담을 가져오지. 아무래도 나이가 찼고 조건이 맞을 법한 영애의 소문을 들으면 인맥을 사용해서 혼담을 넣는 모양이야."

질색하며 어두운 눈으로 이야기하는 키요카의 모습에서 그가 여태껏 상당히 고생했다는 게 전해졌다. 다만, 마구잡이로 넣은 건 아니고 선대에게는 선대 나름대로 무언가 기준이 있지 않을까 추측했다.

미요는 자세한 건 모르지만.

한가지 말할 수 있는 건, 아마도 선대가 들은 '나이가 찬 영애'의 소문은 사이모리가의 경우 미요가 아니라 카야였으리라는 점이다.

사이모리 가는 상류계급 사이에서는 이젠 과거의 영광에 매달릴 뿐인 가문. 그런 집안의 사용인보다 못한 딸의 정보 같은 건 누군가의 귀에 들어갈 일조차 없다. 미요가 키요카에게 보낸 건 카야를 놓고 싶지 않았던 사이모리 신이치의 판단에 의한 것임이 틀림없다.

카야의 소문을 들어놓고 나중에 실제로 온 자신과 만난다면 선대가 실망해서 화내지 않을까.

미요가 걱정하자, 키요카는 코웃음 친 뒤 '그러면 선대를 숯덩어리로 만들어줘야지'라는 흉흉한 소리를 했기 때문에 그건 그거대로 걱정이었다.

"……지금쯤이면 이미 열차 안인가."

온갖 절차를 마친 뒤 둘이서 거리를 걸어가던 도중 키요카가 문득 중얼거렸다.

"네."

오늘은 사이모리 부부가 지방의 저택으로 이사하고, 카야가 고용살이하러 가는 날이다.

배웅할 수도 있었지만 가지 않았다. 그들과는 이제 아무런 할 말이 없다. 물론 이사를 배웅할 사이도 아니니다.

"나는 괜한 짓을 했군."

"낭군님."

"그렇게 큰 사태가 된 건 내 책임도 있다."

키요카가 납폐를 명목으로 한 자금원조와 맞바꿔 사이모리 일가에게 미요에게 사과하라고 요구한 이야기는 이미 들었다.

하지만 딱히 그의 행동이 괜한 짓이었다고 생각하지는 않는다.

미요에게도 역시 무언가 감정적 결론이 필요했다. 사이모리가에서 나온 시점에서 가족의 연은 반쯤 끊어졌다고 여겼으나, 그쪽은 그렇지 않았기 때문이다.

그대로 질질 관계를 이어갔다면 언젠가처럼 시내에서 만나서 모진 말을 들을 테고, 그럼 또 열등감이 되살아날 것이다. 그때마다 두려워하고 울어서는 조금도 진전할 수 없다.

과거를 끊어내기 위한 행동이 반드시 필요했다.

"낭군님께서 저를 위해 해 주신 일은 괜한 짓이 아닙니다."

"미요……."

"기쁩니다. 무척."

아주 작은 배려라고 해도, 그저 자신을 걱정해주는 사람이 있다는 건 무엇보다도 행복한 일이다. 최근까지 잊고 있었다.

그걸 떠올리게 해 준 것은 키요카이자, 유리에이자, 그 집에서 일어난 일이었다.

"미요."

"네."

멈춰서서 정면으로 마주 보았다. 다소 긴장한 표정의 키요카는 몹시 진지했다.

그의 두 손이 미요의 두 손을 감싸듯이 잡았다.

"앞으로── 아마도 네가 고생할 일도 있을 거다. 아니, 최대한 그렇게 되지 않도록 조심하겠지만 나도 군인 나부랭이이니까. 가혹한 전장에 임해야만 하는 일도 있다. 그런데다 성격도…… 내 입으로 말하는 것도 조금 그렇지만, 재미없잖아. 하지만 나는 너와 함께 있고 싶다."

"……!"

"이런 성가신 남자와 결혼, 해 줄 수 있을까."

서로 원하지 않는 혼담에 의해 억지로 만났다. 그걸 바로잡듯이, 진지한 태도로 묻는 키요카에게 미요도 웃는 얼굴로 대답했다.

"성가시다고, 생각한 적 없습니다. 오히려 제가 훨씬 성가신걸요. 낭군님이야말로 후회하지 않으시겠어요?"

"당연히 안 해. 나는 나 스스로 너를 선택했으니까."

"그렇다면, 다행입니다. ――부족함이 많은 사람이지만 잘 부탁드립니다."

혼잡한 길거리에다, 오직 두 사람 사이에서만 나누는 약속에 증인은 없다. 하지만 충분하다. 그들에게 거창한 격식은 어울리지 않으니까.

"나야말로 잘 부탁한다."

희미하게 미소 지으면서, 두 사람은 작고 따뜻한 자신들의 집으로 돌아가기 위해 다시 걷기 시작했다.

후기

처음 뵙겠습니다, 아기토기(顎木) 아쿠미라고 합니다. 제 데뷔작인 이 작품을 읽어주셔서 감사합니다.

후기라는 것을 쓰는 건 처음이라 뭘 적어야 하는지 무척 고민입니다. 먼저 자기소개라도 할까 했는데, 딱히 소개할 수 있는 것도 없어서요……. 굳이 말하자면 이 펜네임일까요. 어쩌면 '턱(顎)이래 턱!' 하고 놀림을 받지 않을까 조금 걱정되는 정도입니다. 아니, 딱히 특별한 무언가가 있는 건 아니고요. 이 '顎'라는 글자의 임팩트가 강해서 쓰고 있는 것뿐이지만요.

그런고로 무난하게 작품을 소개하겠습니다.

이 작품이 태어나게 된 전제로, 저는 일본풍 이야기를

좋아해서 '꼭 일본풍 세계관의 이야기를 쓸 거야!'라는 야망이 있었습니다. 그래서 그럼 이야기를 쓸 때 무슨 시대를 모델로 삼을지 고민할 때 마음이 간 것이 메이지·타이쇼 시대였습니다. 이 시대의 일본은 당연히 현대 일본보다 뭘 하든 불편하고, 저는 역사를 잘 아는 것도 아니라 집필할 때 고생할 게 뻔히 보였죠. 그래도 이 시대에만 존재하는, 전통문화와 신식문화가 뒤섞였는데도 아직 완전히 융해되지는 않은 불완전함이나 사람과 물건의 독특한 화사함이 무척 매력적이라서 거의 바로 결정했습니다.

하지만 그냥 메이지·타이쇼를 무대로 한 로맨스물보다도 좋아하는 판타지 요소를 팍팍 집어넣은 세계를 쓰고 싶은데……. 그렇게 태어난 게 이능이라는 설정, 더불어 이능력자인 키요카와 이능을 계승하는 집안 출신이면서도 이능을 사용할 수 없는 미요였습니다. 아니나 다를까, 집필 중엔 시대 배경을 반영한 묘사에 고통받았지만 그곳에서 살아가는 그들의 모습을 쓰는 건 무척 즐거웠습니다.

그렇게 제 취향이 거의 100% 들어간 이 작품. 많은 분들께 응원을 받으며 이렇게 출판까지 도달할 수 있었습니다. 설마 '살면서 한 권쯤은 내가 쓴 책을 출판할 수 없을까~'라고 막연하게 생각하던 꿈이 이렇게 일찍 이뤄질 줄은 조금도 상상하지 못했기에 지금은 아직 믿어지지 않습니다. 다만, 아무튼 시간을 들이고 고생하면서 쓴 이 작품을 즐겁게 읽어주신다면 대단히 기쁠 겁니다.

또 현재 이 작품의 만화판이 스퀘어 에닉스의 『강강 ONLINE』에서 연재 중입니다. (2019년 1월 현재) 작화 담당인 코우사카 리토 선생님이 부족한 작품을 무척이나 이해하기 쉽게 정성껏 그려주고 계십니다. 이쪽도 부디 잘 부탁드립니다.

마지막으로 이 작품을 출판하기까지 무척 폐를 끼치고 신세를 진 담당 편집자님. 첫 출판이라 우왕좌왕하는 저를 이끌어주셔서 정말로 감사합니다.

또 표지 일러스트를 맡아주신 츠키오카 츠키호 선생님. 멋진 일러스트를 그려주셔서 감사합니다. 일러스트가 붙으며 이 작품의 세계관이 또 한 단계 넓어진 느낌입니다.

그리고 웹 연재 때부터 계속 응원해주신 독자 여러분 및 여기까지 읽어주신 여러분. 여러분의 지지가 있었기 때문에 지금 이렇게 작품을 보여드릴 수 있게 되었습니다. 이 책을 펼치고 끝까지 읽어주신 것을 진심으로 감사드립니다.

그럼 또 만날 수 있는 기회가 오기를 절실히 기도합니다.

아기토기 아쿠미

나의 행복한 결혼 1

2024년 4월 15일 1판 3쇄 발행

저 자 아기토기 아쿠미
일 러 스 트 츠키오카 츠키호
옮 긴 이 현노을
발 행 인 유재옥
이 사 조병권
출판본부장 박광운
담 당 편 집 정영길
편 집 1 팀 박광운 최서영
편 집 2 팀 정영길 조찬희 박치우 정지원
편 집 3 팀 오준영 이소의 권진영
디자인랩팀 김보라 박민솔
디지털사업팀 박상섭 김지연 윤희진
라이츠사업팀 김정미 맹미영 이윤서
영업마케팅팀 최원석 박수진 이다은
물 류 팀 허석용 백철기
경영지원팀 최정연
인쇄제작처 ㈜코리아피엔피
발 행 처 ㈜소미미디어
등 록 제2015-000008호
주 소 서울시 마포구 토정로222, 403호 (신수동, 한국출판콘텐츠센터)
판매 및 마케팅 (070) 8822-2301

ISBN 979-11-384-0627-7 (04830)
ISBN 979-11-384-0626-0 (세트)